一 滴 海 水 里 的 世界

李雪峰 | 著

中国广播影视出版社

图书在版编目（CIP）数据

一滴海水里的世界 / 李雪峰著 . -- 北京 ： 中国广播影视出版社 ， 2020.11 （2023.3重印）

（"语文大热点"系列丛书 / 崔修建主编）

ISBN 978-7-5043-8497-3

Ⅰ．①一… Ⅱ．①李… Ⅲ．①散文集－中国－当代 Ⅳ．① I267

中国版本图书馆 CIP 数据核字（2020）第 167647 号

一滴海水里的世界

李雪峰　著

图书策划	林　曦
责任编辑	王　萱
装帧设计	智达设计
插　　画	王　静
责任校对	张　哲

出版发行	中国广播影视出版社
电　　话	010-86093580　　010-86093583
社　　址	北京市西城区真武庙二条 9 号
邮　　编	100045
网　　址	www.crtp.com.cn
微　　博	http://weibo.com/crtp
电子信箱	crtp8@sina.com

| 经　　销 | 全国各地新华书店 |
| 印　　刷 | 三河市腾飞印务有限公司 |

开　　本	880 毫米 ×1230 毫米　　1/32
字　　数	155（千）字
印　　张	8.5
版　　次	2020 年 11 月第 1 版　　2023 年 3 月第 3 次印刷

| 书　　号 | ISBN 978-7-5043-8497-3 |
| 定　　价 | 32.00 元 |

徜徉在那些美好中间

就那样欢喜地遇见了。一缕春风便吹绿了广袤的原野，一声鸟鸣便幽静了一方山林，还有那一树树的花开，那一溪溪的清流，那自由舒卷的白云，那古风犹在的远村，那喜欢眺望的老槐树，那池塘里嬉戏的鸭鹅，那迷了路也不慌张的蝴蝶……一眼望去，随处都是迷人的风景，自然、清新、朴素，美丽的气息恣意地荡漾。

就那样欢欣地爱上了。爱上一江静水流深的从容，爱上一场夏雨的酣畅淋漓，爱上秋光无限的姹紫嫣红，爱上冬日纯净的银装素裹，爱上一架高桥横跨大江南北的豪迈，爱上一条长路贯穿东西的壮丽，爱上一栋栋高楼大厦春笋般地拔地而起，爱上一盏盏明灯火树银花般地亮起，爱上繁华街市上的车水马龙，爱上广袤原野上的万顷稻浪……目光所及，到处都是浓墨重彩的画面，壮丽、逶迤、宏阔，磅礴的气势，不可阻挡地扑面而来。

就那样幸福地陶醉了。为小草清脆的发芽声，为牵牛花爬过的篱笆，为檐雨轻轻弹拨的琴音，为红叶点缀的山间小径，为低低飞过的麻雀，为穿窗而来的明媚阳光，为谜一样撩起思绪的星空，为旅途上惊喜的相逢，为擦肩而过时甜美的微笑，为孤独时一语关切的问候，为寂寞行程上一个真诚的微笑，为梦想成真时热烈的掌声……原来，万物皆有欢喜，万事皆生情趣，万人皆可亲近。

就那样痴痴地迷恋了。一段尘封已久的历史，还在慢慢地讲述着过往的沉沉浮浮；一个情节兜兜转转的故事，还在絮絮地诉说着扣动心弦的爱恨情仇；一首染了田园或边塞风韵的唐诗，还在绵绵地传递着可意会也可言传的美妙；一阕或豪放或婉约的宋词，仍在徐徐地吹送着折不断的杨柳风。一卷在手，便有无数的星光扑来，便有无尽的话题打开，便有无限的遐思飘逸……没错，天下风光在读书。走进书籍的水色山光里，随时随地都会遇到醉了眼睛也醉了心灵的风景。

真好，怀揣柔柔的爱意，自由自在地穿梭于古往今来，欢欣地流连于尘世的点点滴滴，不辜负每一个怦然心动的瞬间，或认真倾听一朵花开的声音，或仔细凝眸一轮素洁的明月，或悉心阅读一枚秋霜染红的枫叶，或静心体味一缕柔情似水的炊烟，或端坐窗前看明明暗暗的光影慢慢地走来走去，或漫步田埂上看黄黄绿绿的庄稼葳蕤地生长，或穿行于喧嚣的街市，随手捕捉一串苦辣酸甜，或安然于静静的斗室，照料日常的柴米油盐……有时要寻寻觅觅，有时只需不经意的一瞥，就能够欢喜地遇到那么多的真，那么多的善，连同那么多的美。

尘世间俯拾皆是的种种美好，都是生命不可或缺的弥足珍贵的馈赠。一位锦心绣笔的作家，即便身处寻常的日子里，即便面对普通的一花一草，也会有欢喜的发现，会有怦然心动的感悟，会欢悦地撷取光阴里的点点滴滴的美好，用一生珍惜的笔墨，饱蘸真情，一一精心地描绘下来，呈现给自己，也呈现给熟悉的或陌生的朋友。

　　于是，我们有幸看到了这样一篇篇精彩纷呈的美文，看到了这一套"语文大热点"美文系列图书：高方的《池鱼和笼鸟的距离》、李雪峰的《一滴海水里的世界》、王继颖的《感恩最小的露珠》、刘克升的《弱种子也要发芽》、崔修建的《向低飞的麻雀致敬》。

　　五位《读者》《青年文摘》等知名报刊的签约作家，多年来一直潜心美文创作，他们发表在国内外各类报刊上的美文数以千计，其中不少作品被译介到国外，他们都曾出版多部深受众多读者喜爱的畅销美文专集，有多本书成为馆配图书，或入选农家书屋和社区书屋。

　　这次，由中国广播影视出版社精心策划，五位作家联袂推出的这套特色鲜明、风格各异的美文系列图书，既是五位作家美文创作实绩的一次集中展示，也是进一步拓展美文写作空间的一次有益的探索，更是奉献给广大读者的一份精神美餐。

　　作为中考语文、高考语文的热点作家，李雪峰、崔修建、王继颖、刘克升、高方创作的大量优质美文，曾多次入选中考、高考语文试卷及模拟试卷，更有数以百计的美文入选各类语文教材和课外阅读书籍，成为众多中学生信赖的快速提升写作水平的优秀范本，在许多省、市中学生寒暑假必读书目中，经常会见到五位作家醒目的名字。

德国作家、诗人赫尔曼·黑塞曾经有一段非常值得咀嚼的感慨："当一个人以孩子般单纯而无所希求的目光去观看，这世界如此美好：夜空的月轮和星辰很美，小溪、海滩、森林和岩石，山羊和金龟子，花儿与蝴蝶都很美。当一个人能够如此单纯，如此觉醒，如此专注于当下，毫无疑虑地走过这个世界，生命真是一件赏心乐事。"

这一套美文系列图书的作家，就是如此始终热爱着凡俗世界中的美好，始终坚持倾听心灵的召唤，单纯地因喜欢写而写，无论世事如何变幻，无论际遇如何转换，美好的情怀依旧。

如是，请让我们怀抱向美之心，跟随五位作家的脚步，走进一篇篇美文打开的斑斓世界，徜徉在那一个个滋润心灵的美丽时空中，或驻足，或凝眸，或静品，或感悟，且让思绪自由飞扬，且让一颗永远不老的诗心，请出书中的无限旖旎的风光，与我们欣欣地对坐，忘却光阴无声的行走，唯有深情永驻的岁月静好。

崔修建

2020 年 9 月

目录 ⬯

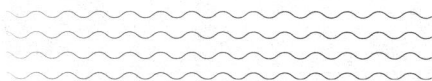

目录

～～～～～～～～～～
～～～～～～～～～～
～～～～～～～～～～

第二辑　一仰望，满天都是熠熠的星光

不要畏惧星星距离你的遥遥无垠，成为星星其实不需要太长的时间，用上你发呆或喝咖啡的时间已经足够了。如果你迷路，那么就抬头看看我们头顶的星星吧。

第三辑　一沉思，万物都有隐隐的启示

假若一个人对生活和人生抱平常的心态，那么他就是一掬常态下的水，他能奔流进大河、大海，但他永远离不开大地；假若一个人对生活、人生是 100℃ 的炽热，那么他就会变成水蒸气，成为云朵，他将飞起来，他不仅拥有大地，还能拥有天空，他的世界将和宇宙一样大。

目录

第四辑　一掩卷，事事闪烁禅意的幽光

涧谷把自己放低，才能得到一脉溪水；把自己放得最低的陆地，才能成为世界上最深的海洋。人，只有把自己放低，才能吸纳别人的智慧和经验，地低成海，人低成王。

第五辑　一微念，爱的微笑明媚流年

春草绿了世界，我们却不须去为春草感激，清风吹拂我们，我们却不须去为清风卑微，阳光照耀我们，我们却不须去为太阳弯下自己的脊梁……伸出自己的手，付出自己的温暖，捧回一掬阳光在自己的心上，就够了。

第 一 辑

一思忖，没有一种草不是花朵

我们谁都不只是青草，我们谁都拥有自己
生命的花朵；我们谁都不仅是花朵，我们
都是一种生命的青草；哪一种花朵不是青
草，而哪一种青草没有自己的花朵呢？你
是青草，但必拥有自己的花朵，你是花朵，
但一定经历自己的青葱岁月。

高贵的秘密

一个精明的荷兰花草商人，千里迢迢从遥远的非洲引进了一种名贵的花卉，培育在自己的花圃里，准备到时候卖上个好价钱。对这种名贵花卉，商人爱护备至，许多亲朋好友向他索要，一向慷慨大方的他却连粒种子也不给。他计划繁育三年，等拥有上万株后再开始出售和馈赠。

第一年的春天，他的花开了，花圃里万紫千红，那种名贵的花开得尤其漂亮，就像一缕缕明媚的阳光。第二年的春天，他的这种名贵的花已繁育出了五六千株，但他和朋友们发现，今年的花没有去年开得好，花朵略小不说，还有一点点的杂色。到了第三年的春天，他的名贵的花已经繁育出了上万株，令这位商人沮丧的是，那些名贵花的花朵已经变得更小，花色也差多了，没有了它在非洲时那种雍容和高贵。当然，他也没能靠这些花赚上一大笔钱。

难道这些花退化了吗？可非洲人年年种养这种花，大面积、年复一年地种植，并没有见过这种花会退化呀。他百思不得其解，便去请教一位植物学家，植物学家拄着拐杖来到他的花圃看了看，问他："你这花圃隔壁是什么？"

他说："隔壁是别人的花圃。"

植物学家又问他："他们种植的也是这种花吗？"

他摇摇头说："这种花在全荷兰，甚至整个欧洲也只有我一个人有，他们的花圃里都是些郁金香、玫瑰、金盏菊之类的普通花卉。"

植物学家沉吟了半天说："我知道你这名贵之花不再名贵的致命秘密了。"植物学家接着说："尽管你的花圃里种满了这种名贵之花，但和你的花圃毗邻的花圃却种植着其他花卉，你的这种名贵之花被风传授了花粉后，又染上了毗邻花圃里的其他品种的花粉，所以你的名贵之花一年不如一年，越来越不雍容华贵了。"

商人问植物学家怎么办，植物学家说："谁能阻挡得住风传授花粉呢？要想使你的名贵之花不失本色，只有一个办法，那就是让你邻居的花圃里也都种上你的这种花。"

于是商人把自己的花种分给了自己的邻居。次年春天花开的时候，商人和邻居的花圃几乎成了这种名贵之花的海洋——花朵又肥又大，花色典雅，朵朵流光溢彩，雍容华贵。这些花一上市，便被

抢购一空，商人和他的邻居都发了大财。

近朱者赤，近墨者黑。高贵也是这样，没有一种高贵可以遗世独立。要想保持自己的高贵，就必须拥有高贵的"邻居"；要想拥有一片高贵的花的海洋，就必须与人分享美丽，同大家共同培植美丽。只有这样，我们才能保持自身的纯洁和华贵。

心灵无私，这是我们保持自身高贵的唯一秘诀。

给每一棵草以开花的机会

朋友去远方做事，把他在山中的庭院交给我留守，那是一座幽静而美丽的院落，在一片苍苍郁郁林子的中间，红砖青瓦，院子内外鸟语花香，就像是一幅幽美的风景画。

我尤其喜欢这个庭院的院子，有半个篮球场大小，除了临墙的地方扎了一道篱笆种些时令青菜外，其余的地方都空着，清晨或黄昏时，搬一把小椅子坐在院子里品茗、读书，天空里云舒云卷，或朝阳或夕照，耳边是鸟语和缕缕山野清风，这时读一卷旧书，挺有古典的诗意。

朋友是个辛勤人，院子里常常打扫得干干净净寸草不生。而我却很懒，除了偶尔扫一扫院子里被风飘进来的一些落叶，那些破土

而出的草芽我却从不去拔它，任它们潜滋暗长地疯长去。初春时，在院子左侧的石凳旁，冒出了几簇绿绿的芽尖，叶子嫩嫩的、薄薄的，我以为是汪汪狗或者芨芨草呢，也没有去理会它，直到二十多天后，它们的叶子蓬蓬勃勃伸展开了，我才发觉它们不是汪汪狗或芨芨草，叶子又薄又长，像是院外林间幽幽的野兰。如果真的是野兰，家有幽兰徐徐绽香，那将多么富有诗意啊。

暮夏时，那草果然开花了，五瓣的小花氤氲着一缕缕的幽香，花形如林地里那些兰花一样，只可惜它是蜡黄的，不像林地里的那些野兰，花朵是紫色或褐红的。我采撷了它的一朵花和几条叶子，下山去找我的一位研究植物的朋友，朋友一看，顿时欣喜若狂，忙问我这花是在哪儿采到的，我同他讲了，朋友欣喜地恭贺我说："你发财了！"我不解地望着朋友，朋友兴奋地解释说："这是兰花的一个稀有品种，许多人穷尽了一生都很难找到它，如果在城市的花市上，这种腊兰一棵至少价值万余元。"

"腊兰？"我也愣了。

夜里，我就挂电话把这喜讯告诉了远在南方的朋友。"腊兰？一棵就价值万元？就长在我院子的石凳旁？"朋友一听也愣了。过了一会儿，他告诉我说，其实那株腊兰每年都要破土而出的，只是他以为它不过是一株普通的野草而已，每年春天它的芽尖刚出土就被他拔掉了。朋友叹息说："我几乎毁掉了一种奇花啊，如果我能耐心地等它开花，那么几年前我就能发现它的。"

是的，我们又有谁没有错过自己人生中的几株腊兰呢？我们总是盲目地拔掉那些还没有来得及开花的野草，没有给予它们开花结果证明它们自己价值的时间，使许多原本珍奇的"腊兰"总是同我们失之交臂。

给每一棵草以开花的时间，给每一个人以证明自己价值的机会，不要盲目地去拔掉一棵草，不要草率地去否定一个人，那么，我们将会得到多少的人生"腊兰"啊！

心灵的眼睛

初冬的时候，我们一行人到豫西乡间去。

那是伏牛山的深处，山冈起起伏伏的，山上的树都凋尽了叶子，看上去灰蒙蒙的。在山脚下，我们见到了许多柿树。那些柿树有的鳏干虬枝，有几个人合抱粗，有的是挂果没有几年的新树，树干泛着灰绿，树不粗，也不高。

令我们感到奇怪的是，在我们看见的每一棵柿树的顶梢，都有五七个又红又大的柿子，不管那棵树是参天高大的古柿树，还是并不高大的新树，在落光了叶子的树上，那些鲜红的柿果就像一个个高挑的红灯笼，红得鲜艳而炫目。这个时节了，该收获的应该早就收获了，为什么每棵柿树的顶梢还长着几颗又红又大的柿子呢？我们几个人禁不住七嘴八舌地猜测了起来。有人说，可能每棵柿树就结了那么五七个柿子，这里的农人可能还没有来得及采摘。有人说，为什么低处的树枝上没有柿子，而那五七个柿子都差不多长在顶梢？肯定是这里的人胆小，不敢爬到树梢去摘柿子，所以顶梢的那五七个柿子就留了下来。

我们都赞同第二种说法。

后来，我们在一个山脚下遇到一位打柴的老农，为了验证我们的结论，我们拥上前去搭讪："是不是每棵树每年只能结五七个柿子呢？"老农笑着摇摇头说："怎么会呢？一棵树要结上许多的。"

我们又问老农说："这些柿树上的果实是不是已经被采摘过了？"老农笑笑说："九月的时候已经摘过了。"

我们又吞吞吐吐地继续问："是不是因为人们不敢爬到顶梢去，所以每棵柿树树梢的几个柿子到现在还留着？"老农一怔，又不屑地说："没有俺们摘不到的，就那顶梢，俺们还能够不着？"

我们不解地说："那你们为什么不把那些柿子全摘了呢？"老农淡淡地说："那是我们故意留下的。"故意留下的？我们更不解了。老农淡淡一笑，说："人们劳作了一年，收获了小麦、大豆、玉米什么的，可以安心在家有吃有喝过冬天的生活了，而那些鸟儿也忙了一年了，大雪封了山、封了地，它们吃什么？这是俺们留给鸟儿们的果实，也是俺们这地方的风俗，如果谁要把树上的柿子摘光了，那大家就会瞧不起他——怎么和鸟儿争东西吃呢？大家就会和他断

了来往。"我们一听，全愣了，老农看一眼我们，说："树上留的这柿子，我们叫'老鸹柿'。"

不是摘不到，而是故意留下给鸟儿们吃的，想想我们刚才的匆忙猜测，想想我们给这里人下的"胆小"的结论，我们的脸全红了。

眼睛看到的，并不一定就是真实的。有许多时候，许多东西需要我们用心去看。

心灵的伤疤

很小的时候，我和一群淘气的小伙伴在我家庭院的一棵梧桐树干里，嵌进了一个鸡蛋大小的青石块，没有想到两个多月过去了，我们再去取那个石块时，费尽了九牛二虎之力，却怎么也取不出来。

没办法，只好眼睁睁看着那个石块就长在那棵梧桐树的树干里。后来，石头裸露的部分越来越少了，第五年的时候，那块石头竟被完全裹在了梧桐树靛青色的树干里，站在树下，已经一点也看不到那块石头的踪影了，而且，包裹起那块石头的那一段梧桐树皮，明净、光滑、完好如初，丁点的伤痕都没有。我高兴地跟祖父说："那块石头一点也没有影响这棵梧桐树的生长。"

祖父摇着头叹息说："伤疤结在这棵树树心里了，孩子，总有

一天，这个伤疤会害死这棵树的。"我一点也不相信祖父的话，看着那棵梧桐树那么蓊蓊郁郁地生长，看着它一年一年变得粗壮、高大起来，我根本不觉得那一个石块能害死一棵那么粗壮的树。

十多年后，我已经离开家乡到城市里工作了。有一天早晨父亲忽然打来电话说："昨天夜里咱们这里刮起了很厉害的龙卷风。"我问父亲家里有没有受到什么损失，父亲沉默了一会儿说："院子里的那棵梧桐树被风刮断了，断树把一旁的柴屋砸塌了。"我听了，大吃一惊，一棵那么粗的树，怎么会被一场龙卷风就吹断了呢？我急急忙忙搭车赶回去一看，果然那棵梧桐树断了，而折断的地方就是我们嵌进石块的地方，在白森森的断裂处，那块石头若隐若现裸露着。父亲叹息着说："如果这块石头一样大的伤疤只是在树干的表皮上，那倒没有什么，但可惜的是它伤在树心里，所以树就被风给刮断了。"

是的，有什么伤疤能比心灵上的伤疤更能击垮一个人呢？皮肤表层的伤疤只不过会对我们的外貌产生一点不好的影响，而心灵上的伤疤却可以不露声色地毁灭一个生命。

抚慰命运，必须及时抚慰心灵上的伤痕；只有没有伤痕的心灵，才能拥有幸福而完美的人生。

为他人开一朵花

一个小山村，风景十分优美，它的后山的幽涧里有喷珠溅玉、飞金泻银的壮美瀑布群，它村前的河流里有荷花芦苇，还有成群的野鸭和各种水鸟。

村庄里的人想搞旅游开发，但因为在电视台和报纸上做广告要用很多钱，而村里的人又没有钱，所以好多年了，到村庄来游览的人一直很少。一天，一个女孩出主意说："不如在通往我们村的路旁都种上花朵，有了花朵，外边的人即便是走马观花也会走进来的。"许多人都摇头嘲笑女孩的主意，女孩不泄气："咱们村每家每年都种油菜花呀，油菜花也是花，如果咱们每家都把自家的油菜种到山路两旁的地里，既不耽误每家秋天时收获油菜籽，又有了招徕游人

的山间花廊,这是多么美的事情啊!"村里的人想想,觉得女孩说的或许不错,于是,每家都把自己的油菜地留在了通往公路的山道两旁。

阳春三月时,山道两旁的油菜花开了,那蜡黄的油菜花像两条锦毯,蜿蜿蜒蜒从与公路相接的地方一直盛开到了大山深处去,窄窄的山道上花香扑鼻,引得蜂飞蝶舞、鸟鸣虫唱,外边的游人还没来,村庄的人自己就为这景色深深沉醉了。后来,几个偶尔经过这里的人沿着油菜花廊走进来了,他们在村庄后边的山涧里流连忘返,他们在村庄前边的田田荷叶间陶醉和沉迷,他们忘情地拿着自己的相机,快门在村庄里咔咔响个不停。没几天,城市的报刊上大幅大幅刊登上了这个村庄的风光摄影图片,城里的电视上也纷纷播映了这个村庄的风景画面。

于是,记者来了,画家来了,络绎不绝的游人争先恐后地一群群涌来了,这个名不见经传的山村很快就成了方圆数百里的风景名胜佳地。电视台的记者采访村里的人:"你们这大山深处的人,没登旅游广告,没搞旅游推介,为什么却能把你们这里的旅游搞得这么火呢?"村里的人憨厚地在电视画面上笑着说:"因为我们为别人开了一朵自己的油菜花。"

"为别人开了一朵自己的油菜花?"记者愣了,观看这个电视片的许多观众都愣了。

为别人开一朵自己的花,许多陌生的人就会靠近你的花朵来;

为别人开一朵自己的花，许多陌生的心灵就会靠近你的心灵来；为别人开一朵自己的花，春光就会到你的花蕊中驻下来……

谁能向世界敞开自己心灵的花瓣，岁月便会赋予它最美最甜的沉甸甸的果实。

没有一种草不是花朵

那时我们还居住在深山里的乡下，我们都还是十五六岁的孩子。春天，小草刚刚被融雪洗出它们嫩嫩的芽尖，一群一群的燕子刚刚从遥远的南方迢迢地回到我们村庄的檐下，校园里的树上刚刚冒出一簇簇鸟舌一样的叶羽。老师告诉我们说，学校准备组织我们十几个学生，搭车到百里外的县城去参加全县的作文竞赛。我们一听又兴奋又担忧，兴奋的是我们能够第一次坐上大汽车了，能够有机会去县城看看繁华了，担忧的是，我们这群山里的孩子，作文能赛过城里的那些少年吗？

头发花白的老校长明白了我们的忧虑，他把我们这群孩子聚集在一块儿，对我们说："咱们都是山里的孩子，你们都常常上山下田，孩子们，你们谁能说出一种不会开花的草呢？"

不会开花的草？我们都歪着小脑袋想，蒲公英是会开花的，它的花朵金黄金黄的，秋天时结满了降落伞似的小绒球，汪汪狗——学名狗尾草，也是会开花的，它狗尾巴似的绿穗穗就是它的花朵呢。噢，对了，就连那些麦田里的荠荠草也是会开花的，它的花洁白洁白的，有米粒那么大，像早晨那被阳光镀亮的一颗颗晶莹的露珠。我们想来想去，把田畦里、山冈上甚至地塍边的每一种草都想遍了，可是谁也没有想出有哪一种草是不会开花的。我们想了半天都摇摇头说："老师，没有一种草是不开花的，所有的草都会开出自己的花朵。"

老校长笑了，说："是的，孩子们，没有一种草是不会开花的，其实每一种草都是一种花朵啊，栽在精美花盆里的花是一种草，而生长在田塍边和山野里的草也是一种花啊。孩子们，不论我们生活在哪里，你们和其他人都一样，都是一种草，也都是一种花，记住，没有一种草是不会开花的，再美的花朵也是一种草啊！"

几十年了，当我从深山里的乡下走进都市里的大学，当我从一名乡下青年成为城市缤纷社会中的一员，当我接受一次次雷鸣般掌声的时候，我没有自卑，也没有浮躁过，我总想起老校长的那句话："没有一种草是不会开花的，而每一种花朵也是一种草啊。"

我们谁都不只是青草，我们谁都拥有自己生命的花朵；我们谁都不仅是花朵，我们都是一种生命的青草。

谁见过鹰的死亡

逛过十几次动物园，对于那些被铁栅栏囚禁的动物，我最怜惜鹰们。它们有着拍云击风的强健翅膀，本来应该像云朵一样，自由翱翔在天地之间，飘摇在云浪之端，如今却只能敛翅静默在冰冷的铁栅栏中，低眉顺眼地依赖饲养员定时定量给的那一点点肉食存活。它们的翅膀已不能搏击风云，它们的眼神已不能令野兔颤怯，它们早已不是力量和雄健的象征。难怪北京一位诗人朋友叹息说："铁栅栏里的鹰已不再是鹰，它们是一种蜕化了的大鸟。"

我的故乡八百里苍茫伏牛山，也曾是鹰们的故乡，它们栖宿在那儿的山林里、悬崖上，每天清晨，当太阳刚刚升起的时候，它们就高高地盘旋在村庄的上空，像一枚枚黑黑的铁钉钉在湛蓝而静谧的天空里，它们有时迎风飞翔，有时候又静浮在天空中，一动不动，像一片黑黑的云朵。

它们靠自己的捕食生活，草丛里的走兔，低空中穿梭的麻雀，都是它们追逐的食物。当然，村庄里的鸡鸭，甚至小小的羊羔，也常常被他们明目张胆地一掠而去。但我们并不憎恨它，甚至有些崇拜它，祖父告诉我说，鹰是一种动物，我们谁都见过它的飞翔，但谁都没见过一只鹰的死亡。祖父说："鹰即便是死亡，也不会让人看见的，它们要飞到天堂里去死。"

我们村庄的上空有一只苍鹰，它已经在那翱翔了十几年了。有一天它在村庄的上空盘旋了又盘旋之后，突然直直地往高空飞去，村庄的老人们说，这只鹰要死了。我们站在村庄的旷地上看着它，只见它越飞越高，直到成为一个小小的黑点，最后在炫目的阳光中消失了。

我们期待它会掉下来，但它一直没有。老人们说："鹰死了怎么会掉下来呢？它一直朝着太阳飞，飞近太阳的时候，就被火热的太阳融化了。"

果然，从那次高飞以后，这只鹰就再也没在我们村庄的上空出现过。

鹰是具有灵性的，它们不愿死在自己一生傲视的山峦、麻雀、野兔之下。它们和我们饲养的猫一样，即使死亡，也要远离自己曾经睥睨的一切，只留下自己雄健强悍的形象在我们的记忆中。

谁见过一只自然死亡的雄鹰？

谁见过一只自己饲养的猫死亡在自己的家里？

有许多东西是值得我们崇拜和记忆的。

路上的小青蛙

我喜欢小城的雨后，空气被细雨滤净了，浮尘和飞虫被细雨沉淀了，一切都显得温润而清新。尤其在春末夏初的时候，一场斜斜的细雨之后，窗棂下的墙根青了，枯黑台阶上的苔藓青了，街道上那些鼓芽的风景树，转眼之间就吐出了它们一簇簇鸟舌一样细碎而鹅黄的叶羽。

这样的时候，我喜欢一个人蹀躞着到城西的一条寂静泥土路上静静散步。土路的两旁是纤条依依的两排长长垂柳，如纱的轻雾袅袅挂在黛青的林梢，蛰伏在树蓬中的雨滴吧嗒吧嗒地落下来，像一声一声幽幽的叹息。忽然，有一个雨滴落在地上而又倏地弹跳起来。弹跳几次便落进路旁的浅草中去了。稍稍留意，你才会发现，那弹

跳的其实并不是雨滴，而是一个个拇指大小、刚刚蜕掉了尾巴、肤色还呈现黑色的小青蛙，它们三三两两地在潮湿的路上蹦跳着，像是一群淘气而不知危险的活泼孩子。

我不知道这么多的小青蛙从哪里来，它们远没有发育成熟，它们还不会鸣叫，它们嫩嫩的四肢，还只是草茎般纤细。它们在路上跳来跳去，如果你稍许站立几分钟，它们敢跳到你的鞋上，瞪着墨点般的小眼睛静静地打量你。这些懵懂的小青蛙，多得就像大大的雨点，它们总在雨后跳出来，就像春末夏初的树芽被一场细雨鼓开了一样。或许，细雨并不仅仅是那些花草树木的母亲，它不仅催生了那些树芽、草尖和花朵，它也催生了许多像青蛙这样属于自然的小生灵。雨水，可以浸润泥土和草木，也是可以浸润灵魂的，它给许多原本沉寂的灵魂赋予了生命的气息和活力。

假如我在文章中写雨，我一定会这样娓娓地写道："雨是花草和树木的灵魂，雨也是自然和生命的灵魂，在一场雨里，不仅花朵静静地绽开了，不仅草儿静静地吐绿了，许多生命的灵魂也悄悄地苏醒了。"

墙上的蜗牛

　　天气晴朗的早晨，院子里的那片泥地上常常有许多玉白色的蜗牛，它们只有指甲般大小，一只一只地在地上、花坛上、草叶上缓缓地蠕动。蜗牛壳圆圆的、薄薄的，近乎透明，它们的软体也是玉色的，两只小小的触角不停地摆着，用草茎稍稍触摸，或者有一缕微风，它们的软体便会迅速缩回躯壳内。有几次，我都看见一只小小的蜗牛，已经顺着纤细的草茎或者沿着一片树叶爬得很高了，但偶尔的一缕微风，它们惊慌失措地缩回它们的软体，因为突然失去了吸附力，蜗牛的圆壳便从草茎上或树叶上咕咕噜噜地滚落下来。一根低低的草茎，或者一片手掌大小的树叶，都足以让一只蜗牛行走几个钟头或者半天，但一缕不期而至的微风就轻易地让它们滚落

到它们原来出发的地方去，笨拙的蜗牛，即使不停跋涉一生，但它们又能走多远呢？

院子里的那棵石榴树上，甚至头顶那棵高高的葡萄藤叶子上，都有蜗牛们行走过的银白色的浅痕。偶尔在一片叶子的背面，还常常能看到一些已经死去的蜗牛，它们软体已经被风干了，只有玉色的圆圆蜗牛壳紧粘在叶子上。

一片树叶，或许就是蜗牛们终极一生的大世界。一片树叶上的一只风干的蜗牛，让我们隐隐飘露出生命淡淡的哀伤。

偶尔有一天，我打扫墙壁的时候竟有些惊讶了，红红的光滑墙壁上黏结着一个一个已经风干的蜗牛壳。它们像一颗颗微小而漂亮的眼珠，稀稀疏疏地睁开在墙壁上，有几颗，甚至已经黏结在外走廊的高高天花板上。它们可能以为墙体是一根草茎或一片树叶了，于是它们不停地被微风剥落着却又坚定地跋涉着，但是它们饿死了，在它们不知道有多远的生命路途上。

我停下扫帚，我不想把它们从走了一生才到达的高度上扫下来，不管是一只蜗牛或者一个别的什么。因为，不管是知难而上，还是自不量力，只要它们还在自己生命的旅程或驿路上，它们都是值得珍惜和敬仰的。

在路上，多么让生命敬慕而崇敬的三个字啊，它应该是所有生命和灵魂的墓志铭！

只需改变一点点

我有一位朋友，是寻觅奇兰的。

他时时在山林中奔波，哪里有兰花，哪里就有他的履迹。我居住的伏牛山，他已经来过好多次了，每次来，他都是一个人钻进深山里，在悬崖边，在涧溪旁，在丛林深处，寻觅他梦想的奇兰。我曾陪他寻过几次兰草，当我们在密林深处寻觅到一丛丛芬芳馥郁的兰草时，他总是很惋惜地说："唉，如果这些兰草稍微有些变异就珍贵了。"

我问他为什么，他笑笑，回答说："所谓的奇兰，不过是普通的兰草基因略略变异了一点点而已。但因为这一点点改变，一棵本来不值分文的兰草，马上就身价千倍万倍，甚至价值连城了。"

还有一位朋友，是培育玉米新品种的专家，整天忙碌在实验室和实验田里。他告诉我说："我如此忙碌，不过是促使原本普通的玉米品种，基因稍稍有所改变，哪怕改变一点点，这世界上就多了一个新品种玉米，这些玉米就十分珍贵了。"

从一棵普通的野草，成为价值连城的奇兰，只需改变一点点；从一粒普通的玉米粒，成为身价倍增的新品种，只需改变一点点。那么我们人呢？

一个农人，如果改变了他的一点点懒惰，那么他将拥有丰收的喜悦；一个工人，如果改变了他被动式的流水线作业，变得勇于探索，那么他将会成为工程师；一个教师，如果改变了他自己只授课不思索，那么他将会成为一个教育家……

我曾经采访过许多的成功人士，问他们自己是如何功成名就的，他们许多人都回答不出来，但问他们和以前相比自己是不是有过什么改变，许多人都回答说："有改变，但只是改变了那么一点点。"

是的，只需改变那么一点点就足够了。

雨改变了一点点，它就成了能够飞翔的雪花；水改变了一点点，它就成了玲珑剔透的冰凌；石头改变了一点点，它就成了稀世的宝贵钻石……

成功并不难，只需你自己改变一点点。

改变自己一点点，你会发现世界都因你的一点点改变而彻底变得崭新而绚烂了。

为生命奔跑

每天早晨，当曙光刚刚照亮非洲大草原的时候，那些羚羊一睁开眼睛就开始练习起了奔跑，它们箭一样地踩落露珠，让自己敏捷的身躯和草原上的阳光展开奔跑。阳光和晨风被它们追逐着，它们的四蹄，把风和阳光远远地甩在自己的身后。

也是在早晨，当草原上射下第一道阳光的时候，那些猎豹和狮子也纷纷从草丛中跃起，闪电一样，在茫茫的大草原上练习起奔跑，它们不追逐风和阳光，它们只梦想自己能跑过那些矫捷的羚羊，然后在饥饿的时候，可以追上那些风一样快的羚羊群。

羚羊和猎豹、雄狮都是非洲大草原上以奔跑而扬名的佼佼者，一支欧洲动物科考队经过连续几年的观察却惊讶地发现，有些箭一

般的羚羊却被并不健壮的猎豹和雄狮捕食了，而一些并不矫捷的羚羊，却轻而易举逃脱了猎豹和雄狮们闪电一样的利爪。

这是为什么呢？科考队一直解不开这个奇异的谜底。

后来，科考队盯上了一只年轻的雄狮，同时跟踪了一群年轻的羚羊。科考队发现，每当朝阳初升的时候，也是羚羊最危机四伏的时候，这时，沉睡了一夜的非洲雄狮早已饿得饥肠辘辘了，为了活过新的一天，饥肠辘辘的雄狮就在大草原上四处逡巡，寻找那些敏捷的羚羊群。发现羚羊群后，它们蹑手蹑脚地靠着草丛的掩护一点一点靠上去，然后选准个头小的雏羚羊，或是神态老迈的老羚羊就一个箭步跃出去。在雄狮凶狠的追逐下，羚羊很快飞跑了起来，但无论它们奔跑得多快，总有一两只羚羊会被雄狮追而不舍，最后彻底把它们扑倒，锋利的牙齿一下子深深咬进它们的喉咙。科考队发现，清晨的时候，往往是猎豹和雄狮最容易捕到猎物的时候，也是决定羚羊们活着与否最危险的时候。

但在中午，情况就很不一样了，那些吃饱喝足的猎豹和雄狮就懒洋洋地半闭着眼躺在树荫和草丛下，刚刚饱餐了一顿，它们对那些静止在身旁不远处的羚羊已经没有了太多的兴趣，能捕到一只，自己可以吃得更饱一些，假如捕不到猎物，那也没什么，它们的体力足以支持到第二天早上。因此，对于那些近在咫尺的羚羊，它们也是象征性地追逐一番，捕得到的就捕一只，捕不到的，猎豹和雄狮只是象征性地追逐几个回合，往往捕不到就草草收场了。

　　科学家们感慨地说："早晨猎豹和雄狮们是在为自己的生命奔跑，所以它很容易就捕到了猎物。而到了中午，已经吃饱喝足的猎豹和雄狮们仅是为了自己能吃得更饱而奔跑，严格来说，仅是为了自己生活得更好而奔跑，所以它们常常是无功而返。"

　　为食物而奔跑，猎豹和雄狮常常一无所获，为生命而奔跑，猎豹和雄狮却时时无一落空。同是奔跑，目的不同，收获也绝不相同。

　　为温饱和财富奔跑，我们的人生可能会终无所获。为生命奔跑，我们的人生才可能硕果累累。

　　人生，要为只有一次的生命而努力奔跑。

野马的天敌

在茫茫的非洲大草原上，野马是最矫健的动物之一，就是那些快如闪电的雄狮和猎豹，也远不是野马的赛跑对手。剽悍的野马，驰骋起来不仅快如闪电，它们的听觉系统也是十分敏锐的，远处虫鸣般的风吹草动，甚至连草原上一滴露珠滴落的声音，都足以让这些警觉的野马撒蹄飞奔。

动物学家不得其解的是，这些善于奔跑和时时警醒的野马，它们不是狮子和猎豹们轻易能够捕获的猎物，大草原上丰茂的水草，又给它们提供了繁衍的出色生存条件，它们应该不断壮大族群，成为非洲大草原上最大的动物群落才是，但令人疑惑的是，快如闪电的四蹄和丰茂的草原水草，并没有使这些野马的群体壮大，也更没有能使这些矫健的野马成为非洲大草原上最活跃、最常见的动物之一。相反，在荒凉而弱肉强食的大草原上，却处处可以看见这些矫健动物的遗骨残骸。是什么动物捕食了这些快如疾风的野马呢？如果有这种动物，那么这种动物应该比狮子更凶猛，比猎豹更矫健，那么这种动物是什么呢？

经过了很长时间的探索和考察，那些动物学家又惊讶又惋惜，那些能够捕食这种野马的，既不是雄狮，也不是猎豹，而是连雄狮的一个脚爪大也没有，连猎豹的一只耳朵大也没有的微小动物——吸血蝙蝠。这种蝙蝠就像一只大蝴蝶，浑身黧黑，飞翔从容，它们像一只只蝴蝶似的盘旋着、飞舞着贴近野马，然后轻盈地栖落到野马的身上，等到野马感到钻心的疼痛时，吸血蝙蝠的利齿早已咬开了野马的皮肤，拼命地吮吸它们的血液，于是野马开始焦躁地奔跑，开始用尾巴拼命地抽打自己的躯体，但是根本甩不掉吸血蝙蝠，它们紧紧地吸附在野马的身上，日夜不停地拼命吮吸，一天、两天，直到这匹矫健又庞大的野马最后轰然倒地。

高大、健壮、疾如闪电，连雄狮和猎豹也望尘莫及的剽悍的野马，它的致命天敌，竟是一只蝴蝶般大小的蝙蝠！在我们的生命里，是否也有许多这样的小蝙蝠呢？法国启蒙思想家伏尔泰曾经说过："使人疲惫的不是远方的高山，而是鞋子里的一粒沙子。"

我们不惧怕强大的对手，但当我们的对手小到被我们忽视时，

才是我们最容易跌倒和最容易失败的时候，绊倒我们的不是高山，而常常是脚下一个门槛，甚至是一粒微不足道的沙子。

大象的路标

　　在荒凉的非洲大草原和沙漠上，有许多的野象群，它们一群有的多达几十头，最少的也有五六头。这些非洲象在草原和浩渺的沙漠上奔波和生活，它们有时经过丛林和戈壁滩，当然，它们也常常会穿越那些表面看起来绿草如茵，其实薄薄的表层下却是深深的泥潭的沼泽地。也常常有一些狼、鹿、斑马之类的动物经过沼泽地，那些嫩绿而平坦的草皮，使它们一踏上便不能自拔，陷进了那些泛着腥臭腐殖的气味而深不可测的沼泽地里，成了恐怖沼泽的牺牲品。

　　但令人惊讶的是那些大象们，它们经常穿越沼泽地，并且它们的躯体是那么的庞大，但它们却很少有陷进沼泽的。它们悠闲地穿过那一片片沼泽，边走边啃食沼泽地上的绿叶，自得地甩着它们的

尾巴，安详又宁静，让许多动物心惊胆战的可怕的沼泽，在它们庞大而沉重的脚下，不过是一片绿色的乐园。

人们很奇怪，成为一些狼、斑马等动物的葬身之地的沼泽地，庞然大物的大象怎么竟如履平地呢？经过多次的探索和研究，人们才神秘地发现，原来大象们经过这些可怕的沼泽地时，它们有自己的"路标"。

这些路标是沼泽地上的小树丛。每一群大象穿越沼泽地时都要沿着这些树丛走，并且经过一棵一棵的树丛时，大象们都要用它们有力的鼻子，将树丛一边的树枝和叶子一点点折断和摘掉，每一群大象都这样，所以日久天长，危险的沼泽地上都有这样一种现象：有一行横穿沼泽地的树丛，它们往往一边枝叶茂盛，而另一边则光秃秃的，几乎没有任何树枝和树叶，沿着这样的树丛走，就会避开许多险境丛生的可怕泥潭，平平安安地走过漫漫沼泽地。

更令人钦佩不已的是，维持这种路标的往往不只是一群大象，每一群大象经过这片沼泽地、经过这些小树丛时，它们都会小心翼翼地这么做，或许它们可能只会穿过一次这片沼泽地，从此再不会从这片沼泽地上经过，但只要经过，它们都会这样做，绝没有一群大象因为自己的行色匆匆或只是偶尔经过，就放弃这种维持路标的繁琐义务。

只要是在绝境中能给生命留下绿色通道的，不管是经常行走，或者只是偶尔经过，维护这个绿色通道的路标，都是每一头大象的坚定责任和义务。这就是大象这些庞然大物们为什么能平安穿过沼泽地，而那些敏捷的狼和斑马却不能平安穿过的奥秘。

生命最平安的通道，不管是我们经常经过，或偶尔经过，都不放弃自己维护通道的那一种责任。坚守这种责任，即使我们沉重如大象，我们也会如履平地经过种种生命的沼泽；放弃这种义务，即使我们轻捷如小鹿，我们也肯定会深陷于泥淖而不能自拔的。

拥有责任和义务的生命，就像拥有了一双翱翔的翅膀，江河湖海，丛林、沼泽，将会被我们轻盈地高高掠过。

给自己一片悬崖

在非洲草原上，常常有这样一种令人吃惊的画面：

当一只幼羚羊刚刚能够飞奔时，在猎豹和雄狮的紧紧追捕下，那些成年羚羊往往引领着小羚羊们箭似的奔出平坦的开阔地，然后引领着幼羚羊们奔向险峻的山岭。

动物学家们惊讶地发现，羚羊们逃命的山岭往往是附近最陡峭、悬崖最多的山岭，尤其是那些陡峭的山崖，那里往往是羚羊们的逃生首选之地。每当猎豹和雄狮气势汹汹地追来时，领头的羚羊会在一瞬间一跃而起，它果断地引领着羚羊们浩荡的队伍，避开重重拦截，向距离最近的山峰奔去。其实，一只成年的壮羚羊如果在草原上飞奔起来，那些快如闪电的猎豹和雄狮也是很难追上它的，它矫健地在草原上左右盘旋，就是跑得最快的猎豹也常常对它望尘莫及。

那么，羚羊们为什么在生命攸关的时刻却要给自己选择一片悬崖呢？当一只幼羚羊刚刚学会在大草原上奔跑时，由于奔跑的强度不大，它的腹肌并没有被最大化的拉开，所以，即使它撒开四蹄拼命奔跑，它奔跑的步幅也不过是三米左右。但当一只幼羚羊在猎豹和雄狮的疯狂追逐下，被成年羚羊引领上峰顶，前无生路面对悬崖时，在后边猎豹和雄狮的一步步虎视眈眈逼近下，在成年羚羊悲壮地舍命一跃中，那些幼羚羊也都会悲壮地攒下自己所有的力量，像一张彻底拉满的弓，然后毁灭性地拼命一跃，让自己从悬崖上箭一样地射出去。幸运的羚羊，它们会跃过深渊，跳到对面的山坡或峰顶上，就是那些不幸的羚羊，它们也是跃落到渊底或跃落到悬崖断壁上，由于它们的身体非常柔韧和矫健，它们不会遭到多大的损伤。而那些把羚羊们逼上悬崖的猎豹和雄狮，基于自己的身躯太过庞大和沉重，面对那些奋身一跃的羚羊，它们往往束手无策、空手而归。

最大的不同是，经过跃崖的幼羚羊们，在刚刚跃崖后，它们的腹肌都有不同程度的拉伤，但拉伤很快恢复后，它们飞奔的步幅明显已经增长了，差不多可以达到近四米，这样的步幅，就是在草原上飞奔起来，雄狮和猎豹们往往是望尘莫及的。

动物学家终于明白羚羊们给自己一片悬崖的目的了。

给自己一片悬崖，给自己的命运一片悬崖，绝地往往可让你重生，绝境才会给生命创造出神话和奇迹。

沙漠之树

　　有两个人，各自在一片荒漠上栽上了一片胡杨树苗。苗子成活后，其中一个人每隔三天，都要挑起水桶，到荒漠中来，一棵一棵地给他的那些树苗浇水。不管是烈日炎炎，还是飞沙走石，那人都会雷打不动地挑来一桶一桶的水，一一浇他的那些树苗，有时刚刚下过雨，他也会来，锦上添花地给那些树苗再浇一瓢。老人说，沙漠里的水漏得快，别看这么三天浇一次，树根其实没吮吸到多少水，都从厚厚的沙层中漏掉了。

　　而另一个人呢，就悠闲得多了。树苗刚栽下去的时候，他来浇过几次水，等到那些树苗成活后，他就来得很少了，即使来了，也不过是到他栽的那片幼林中去看看，发现有被风吹倒的树苗就顺手扶一把，没事儿的时候，他就在那片树苗中背着手悠闲地走走，不浇一点儿水，也不培一把土，人们都说，这人栽下的那片树，肯定成不了林。

过了两年，两片胡杨林树苗都长得有茶杯粗了。忽然有一夜，狂风从大漠深处卷着一柱柱的沙尘飞来，飞沙走石，电闪雷鸣，狂风卷着滂沱大雨肆虐了一夜，第二天风停的时候，人们到那两片幼林里一看，不禁十分惊讶：原来辛勤浇水的那个人的树几乎全被暴风给刮倒了，有许多的树几乎被暴风连根拔了出来，摔折的树枝，倒地的树干，被拔出的一蓬蓬黝黑的根须，真是惨不忍睹。而那个悠闲得不怎么给树浇水的人的林子，除了一些被风刮掉的树叶和一些被折断的树枝外，几乎没有一棵被风吹倒或者吹歪的。

大家都大惑不解。

那人微微一笑说："他的树这么容易就被风暴给毁了，就是因为他的树浇水浇得太勤，施肥施得太勤了。"

人们更迷惑不解了，难道辛勤为树施肥浇水是个错误吗？

那人顿了顿叹了口气说："其实树跟人是一样的，对它太殷勤了，就培养了它的惰性，你经常给它浇水施肥，它的根就不往泥土深处扎，只在地表浅处盘来盘去。根扎得那么浅，怎么能经得起风雨呢？如果像我这样，把它们栽活后，就不再去理睬它，地表没有水和肥料供它们吮吸，逼得它们不得不拼命向下扎根，恨不得把自己的根穿过沙土层，一直扎进地底下的泉源中去，有这么深的根，我何愁

这些树不枝叶繁茂？何愁这些树轻易就被暴风刮倒呢？"

别给生命以适合的温床，生命的温床上只能诞生生命的灾难。要想使你生命之树能根深叶茂、顶天立地，那就不能给它太足的水分和肥料，逼迫它奋力向下自己扎根。

不管是一棵草，还是一棵树，怎样的条件就会造成怎样的命运。温床上是长不出参天大树的，襁褓里藏着的绝不是伟人。

折射的微笑

社会学家做了一项有趣的实验：

在一个装满镜子的房间里，带进来一只性格暴躁，动辄目含敌意、勃然大怒的狒狒。这只狒狒一进入房间，看见墙壁上、天花板上都有许多狒狒，于是立刻变得气势汹汹，怒吼着扑向镜子里同样气势汹汹、咬牙切齿的狒狒们，它上蹿下跳、左冲右突，疯狂撕咬，狂叫不止，只半天工夫，便把自己活活地累死了。

而另一只性格温和的狒狒被猛然带进这个房间后，突然发现这里有那么多自己的同类，它友善地摇了摇自己的尾巴，向那些陌生的同类发出和善而友好的微笑，而那些同类个个也向它摆尾致意，对它也发出友善的微笑。

　　它向那些狒狒伸出手时，那些狒狒也同样友好地向它伸过手来，它向它们眨眨眼睛微笑，它们也同样向它眨眨眼睛，轻轻地向它微笑。

　　它高兴而幸福地在这间房里生活了下来，如果它也像第一只狒狒那样，那么要不了半天，它也会被那些打不败的狒狒活活累死的。社会学家总结说："它能这样幸福而安然地生活，没有第一只狒狒那可悲可笑的结局，仅仅是因为它自己的微笑！"

　　微笑是可以改变自己的命运和世界的。

　　我们面对一切微笑，一切便会回报给我们灿烂的微笑，我们对朋友和陌生人微笑，朋友和陌生人也会对我们发出善良而友好的微笑；我们对花朵发出微笑，花朵也会绽开对我们的微笑；我们对生活静静地微笑，生活和命运便会对我们回报以一缕缕温馨的微笑。

　　种瓜得瓜，种豆得豆。我们给予社会和生活什么态度，社会和生活便会回报给我们什么态度。面对生活，我们应该微笑，因为只有我们自己的微笑，才能给我们折射来一个明媚而温馨的世界！

分解成功

　　古印度人有个捕捉猴子的神秘妙法：在群猴经常出没的原始森林里，放上一张装有抽屉的桌子，抽屉里放一个苹果或者桃子，然后将抽屉拉开到猴子的手能插进去而苹果或桃子却不能拿出来的程度，猎人就可远离桌子静静地安心守候。每一次，猎人都可看见这么一幅可笑的画面：猴子将手伸进抽屉里取桃子，桃子却怎么也取不出来，而猴子又死活不肯放弃，于是贪婪的猴子急得两眼直冒绿光，却又一筹莫展。

　　这种古老的方法让很多聪明的猴子轻而易举成了猎人手到擒来的猎物。

　　有一天，一个猎人又用这个方法准备擒捉一只在附近栖息了很

久的猴子。

一会儿，那只猴子探头探脑走到了桌子旁边，它先将一只手伸进抽屉里取苹果，但苹果太大，抽屉缝又小，任它怎么努力还是取不出来。于是猴子又将另一只手也伸了进去，两只胳膊飞快地在抽屉里翻动，不一会儿，一个又大又圆的苹果被它用尖利的指甲抠削成一堆苹果碎块，猴子扔掉果核，用手掏出抽屉里的苹果碎块有滋有味地吃起来，吃完后，它心满意足地扬长而去了。

这只聪明的猴子将苹果抠成碎块化整为零了，它因此而获取了整个苹果，避免了贪婪的猴子失败的悲剧。

我们对于成功又何尝不是如此呢？许多人贪婪巨功，将自己的一生紧紧系在一个硕大的成功果实上，结果就像那些紧紧拿住苹果而束手待擒的猴子，忙碌了一生，连"苹果"的皮也没有尝到。而另一些人知道将成功一点点分解，虽然每次得到的只是微不足道的一点点，但一次又一次的积累，使他们最终获得了圆满的成功。

巨大的成功，其实是从细微的收获开始的。

碰壁的鲮鱼

曾有一个有趣的实验，生物学家把鲮鱼和鲦鱼放进同一个玻璃器皿，然后用玻璃板把它们隔开。开始时，鲮鱼兴奋地朝鲦鱼进攻，渴望能吃到自己最喜欢的美味，可每一次它都"咣"地碰在玻璃板上，不仅没有捕到鲦鱼，而且把自己碰得晕头转向。

碰了十几次壁后，鲮鱼沮丧了。当生物学家轻轻地将玻璃板抽去之后，鲮鱼对近在眼前、唾手可得的鲦鱼却视若无睹了，即便那肥美的鲦鱼一次次地擦着它的唇鳃不慌不忙地游过，即便鲦鱼的尾巴一次次扫了它饥饿而敏捷的身体，碰了壁之后的鲮鱼却再也没有了进攻的欲望和信心。

几天后，鲦鱼因有生物学家供给的鱼料依然自由自在地畅游着，

而鲅鱼却已经翻起雪白的肚皮漂浮在水面上了。

美食张嘴可得，鲅鱼却因饥饿而死。这的确可悲可笑，然而，生活中的我们是否也当过那一条"鲅鱼"呢？一点点风浪就使我们弃船上岸，一次小小的碰壁就使我们裹足不前，一次小小的打击就使我们放弃了一切的梦想和努力……许多时候我们失败的真正原因在于：面对近在眼前的已被抽掉"玻璃板"的"鲦鱼"，我们没有去"再试一次"。

第 二 辑

一仰望，满天都是熠熠的星光

不要畏惧星星距离你的遥遥无垠，成为星星其实不需要太长的时间，用上你发呆或喝咖啡的时间已经足够了。如果你迷路，那么就抬头看看我们头顶的星星吧。

人生的疑问

著名哲学家维特根斯坦在剑桥大学学习时，曾是大哲学家穆尔的学生。

在穆尔授课期间，维特根斯坦是最令他头疼的学生。维特根斯坦总有问不完的疑问，一个接一个，总是没完没了。常常一堂哲学课会被维特根斯坦的种种疑问搞成了维特根斯坦提出疑问，由穆尔一一解答的答辩课。甚至在休息时间，维特根斯坦也穷追不休，亦步亦趋地紧跟着老师穆尔。在剑桥大学，维特根斯坦是一个有名的"问题篓子"。

有一天，穆尔的朋友、著名哲学家罗素登门和穆尔闲聊，他问穆尔："谁是你最出色的学生？"

　　穆尔毫不犹豫地回答说："是维特根斯坦。"

　　罗素问："为什么呢？"

　　"因为在我所有的学生中，只有维特根斯坦老是有一大堆学术上的疑问。"穆尔回答说。

　　十几年过去后，维特根斯坦在哲学界的名气不仅远远超过了自己的导师穆尔，而且也超过了大哲学家罗素，声名鼎沸，如日中天。这时，穆尔拜访罗素问："知道我们和维特根斯坦比较起来，我们为什么落伍了吗？"

　　罗素听了，静静思忖了一会儿，回答说："因为我们提不出疑问了，而维特根斯坦却还有一大堆的疑问。"

站着的高度

一天，大仲马得知他的儿子小仲马寄出的稿子总是碰壁，便对小仲马说："如果你能在寄稿时，随稿给编辑先生们附上一封短信，或者只是一句话，说'我是大仲马的儿子'，或许情况就会好多了。"

小仲马固执地说："不，我不想坐在你的肩头上摘苹果，那样摘来的苹果没味道。"年轻的小仲马不但拒绝以父亲的盛名做自己事业的敲门砖，而且不露声色地给自己取了十几个其他姓氏的笔名，以避免那些编辑先生把他和大名鼎鼎的父亲联系起来。

面对那一张张冷酷而无情的退稿稿笺，小仲马没有沮丧，仍在不露声色地坚持创作自己的作品。他的长篇小说《茶花女》寄出后，终于以其绝妙的构思和精彩的文笔震撼了一位资深编辑。这位知名编辑曾和大仲马有着多年的书信往来。他看到寄稿人的地址同大作家大仲马的丝毫不差，怀疑是大仲马另取的笔名，但作品的风格却和大仲马的迥然不同。带着这种兴奋和疑问，他迫不及待地乘车造访大仲马家。

令他大吃一惊的是，《茶花女》这部伟大的作品，作者竟是大仲马名不见经传的年轻儿子小仲马。"您为何不在稿子上署上您的真实姓名呢？"老编辑疑惑地问小仲马。小仲马说："我只想拥有真实的高度。"

老编辑对小仲马的做法赞叹不已。

《茶花女》出版后，法国文坛书评家一致认为这部作品的价值远远超越了大仲马的代表作《基督山伯爵》。小仲马一时声名鹊起。

真正的伟人是不需要给自己找垫脚砖的，一个坐在别人肩膀上的人再高，也没有他自己站着的高度高。

两堆碎片

雅各布·博尔是丹麦著名的科学家，在大学读书时，雅各布·博尔是个非常注重实验的学生。有一天在实验室做实验时，一不留神，一只玻璃瓶从雅各布·博尔的手中滑落到地上。"砰"的一声摔得四分五裂。摔碎瓶子，在实验室是经常发生的事情，其他人打碎瓶子后，不过是匆匆把碎片清扫一下倒掉就了事。但雅各布·博尔将瓶子摔碎后，看着一地大小不一的碎片，他忽然有了一个奇怪的想法，他小心翼翼地将那些玻璃碎片一片一片捡起来，然后按大小仔细分类，他发觉碎片可以分成四个类别，把四个类别的碎片用天平称重，相邻的两种大小碎片无论是总量或是个体，它们的比例都接近 16：1。雅各布·博尔又先后摔碎了十几个瓶子，实验结果惊人的相同。1942年雅各布·博尔依据自己的实验数据，推出了著名的"雅各布·博尔规律"，受到了科学界的高度称赞。

另一堆碎片是约翰·巴比克的。

约翰·巴比克原来只是美国芝加哥市的一个无业游民，一次在家里把玩一个中国古瓷瓶时，一不留神瓷瓶掉在地上摔碎了。这是约翰·巴比克祖上传下来的一件珍贵收藏品，家里人都为这只瓷瓶的不幸破碎而痛惜不已，看着家里人痛惜的样子，约翰·巴比克心痛极了，他将那些瓷瓶的碎片小心翼翼地捡起来，他决心要配制出一种黏液，有一天，要用这种黏液把瓷瓶的碎片重新复原成一个古色古香的完整瓷瓶。他调和树胶、蛋清等，试制了上百种黏液，终于发明出了一种高强度的黏液，当它用这种黏液把那个瓷瓶重新黏合复原后放在家人的眼前时，全家人顿时大为惊叹，因为这种黏液的粘合强度非常高，用这种黏液粘合的痕迹用眼睛几乎无法看得出来。依靠这种黏液，约翰·巴比克于1935年成立了专门从事黏合剂研制生产的BBK公司。BBK公司的黏合剂产品登陆市场后，备受人们青睐，十几年的时间，就成了芝加哥乃至美国最有名的大公司，而约翰·巴比克则奇迹般地从一个一文不名的流浪汉摇身一变成了拥资千万的大富翁。两堆玻璃碎片造就了两个巨人。

如果用一个完整的玻璃或瓷瓶做花瓶，它只能盛满一缕缕花朵的芬芳和郁香，而一个人的心灵是饱满的，什么样的碎片都可能成为他生命的花瓣，飘逸出他生命穿透岁月的永久清香。

成功，可以预料

熊旁是瑞士的化学家，他经常孜孜不倦地沉醉在实验室里，就是回到家里，他也要于茶余饭后做上一点微小的实验。

1896 年的一天下午，熊旁趁妻子午休的时间，自己躲在家里的那间小实验间里做试验，一不小心，他把桌上那瓶盛满硝酸和硫酸混合液的瓶子碰倒了，溶液流在了桌子上，熊旁马上去找抹布，抹布没有被立即找到，眼看那些溶液就要从桌子上漫流到地板上，慌乱之中，就顺手拿起了放在旁边的一条妻子的棉布围裙想擦掉那些溶液。围裙浸了溶液，湿淋淋的，熊旁担心妻子见后责怪，就悄悄把围裙带到厨房，准备烘干，没料到刚靠近火炉，就听"轰"的一声，围裙在瞬间被烧得干干净净，没有一点烟，也没有一丝灰烬。熊旁惊得目瞪口呆，但随后就欣喜万分，他意识到自己于不经意间已经合成了可以用来做炸药的新的化合物，一个发明在不经意间突然出人意料地成功了。

1838年，法国著名物理学家达盖尔正在费尽心机地苦苦研究影像保留在胶片上的方法，但研究进行了半年多了，达盖尔尝试过了各种材料和方法，但研究仍然是一片空白、毫无进展。

在达盖尔就要对此项研究绝望得金盆洗手时，有一天，他意外地发现了一个影像居然莫名其妙地留在了胶片上，达盖尔大喜过望，立刻小心翼翼地整理实验桌上的所有化学物品，想弄明白到底是什么东西使自己这项原本已山穷水尽的研究又突然变得柳暗花明。结果，他惊讶地发现，原来是一支温度计破碎后留下的水银。

在不经意之间，熊旁发明出了世界上的第一种无烟炸药，而达盖尔则发明了摄影技术。其实在科学研究进程上，像熊旁和达盖尔这种歪打正着的成功真是屡见不鲜，但没有他们的不懈努力，没有他们的锲而不舍，成功的果实能被他们如此偶然地摘到吗？

在这个世界上，幸运总是偏爱那些坚韧不拔的人，只要你不停地跋涉，意想不到的风景总会闪进你自己的眼帘。

只要你努力，成功虽然不能预期，但不会远离你的预想。

只要开始

马维尔是美国20世纪最著名的记者，1864年，美国南北战争结束时，在去帕特森的途中，他意外地遇到了林肯总统，并匆匆采访了林肯总统。

从那时起，马维尔就决心要采访到所有与他同时代的世界名人，并且，不需任何翻译，他要亲自和世界上的每一位名人自由对话。为实现自己的这个艰巨的人生愿望，马维尔自学了法语、德语、俄语等，并且亲自和许多国家的名人做了面对面的直接交谈和采访，发表了一大批举世瞩目的新闻作品。

1918年，马维尔已经七十二岁了，但他决定要远渡重洋，到中国来采访孙中山先生。从做出了这个决定的那一天起，马维尔就开始学习他一点都不懂的汉语。许多亲戚和朋友劝他说："汉语很难学，许多年轻人都不容易学会，何况你这个已经七十多岁的老头儿呢？"但马维尔说："尽管我七十二岁了，但现在开始学汉语，也还不算晚，我相信有一天，我会用汉语同中国的孙中山先生直接交谈的！"谁也劝阻不住这个又瘦又高的固执老头儿，都叹息着对他摇摇头耸耸肩走了。要用汉语采访中国的孙中山，这或许将是这位固执的七十二岁老翁一个永远不能实现的人生梦想吧？当时，许多美国人都这样想。

为了实现自己的这一个人生愿望，马维尔开始挂着拐杖频频出入于纽约的唐人街，他向做生意的华人学，缠着中国驻纽约大使馆的领事学，甚至同一些街头流浪的底层华人学，从简单的礼仪用语，到高深莫测的美妙中国诗词，历时三年多，这个原本对汉语一窍不通的美国七旬老翁，已经可以用流利的汉语同唐人街上的华人自由交谈了。

1922 年，已经七十六岁的老翁马维尔终于搭乘远洋轮船向中国进发了，在广州，他见到了孙中山，孙中山征询他说："马维尔先生，我们用英语交谈可以吗？"但马维尔却说："不，我们直接用贵国的汉语交谈！"那天，马维尔一句英文也没有说，他用标准流利地道的汉语采访了孙中山，并和孙中山先生亲切地进行了促膝长谈。

有记者问马维尔说："你七十二岁了才开始学汉语，你感觉是

不是有些晚？"老态龙钟的马维尔朗声回答说："晚？只要你开始做，什么时候都不算晚！"

人生没有"晚"，只要你开始做，什么时候都不算晚。

成功只差五丝米

　　莱斯是一位著名的物理学家和发明家，曾研制和发明过不少的东西。在电话机还没有诞生之前，莱斯就设想发明一项传声装置，这种装置可以使身处异地的两人自由地交谈，可以更方便人们的信息传递。

　　根据自己的设想和传声学原理，莱斯经过孜孜不倦的研究，用了两年多的时间，终于研制出一种传声装置，但令莱斯沮丧的是他研制的这项传声装置，只能用电流传送音乐，而不能用来传递话音，不能使身处两地的人们自由地交谈。在经过无数次的改进和试验后，莱斯的这项研制项目毫无进展，依旧无法传递话音，于是莱斯心灰意冷地宣告自己的研究失败了，并得出试验结论说："传声学根本

无法解决两地之间话语传递的问题。"

和莱斯有着同样梦想的还有另外一位发明家，他是美国人，叫贝尔。听到莱斯研制失败的消息后，贝尔并没有灰心和绝望，他详细推敲了莱斯的传声装置，在莱斯研究的基础上不断开始新的大胆尝试，他把莱斯用的间断直流电，改为使用连续直流电，解决了传声装置传送时间短促、讲话声音多变等难题。但这些都是些微不足道的小问题，莱斯也曾这样设想和试验过，都没有取得过成功，贝尔和莱斯一样，试验了很多次，同样遭到了令人沮丧的两个字：失败！

是不是真的如莱斯所说的那样，传声学根本无法解决两地之间的话语传递呢？贝尔也陷入了困境。一天下午，当绞尽脑汁的贝尔束手无策地坐在试验桌旁，面对着他已改进多次的传声装置发呆时，他的手无意间碰到了传声装置上的一颗螺丝钉，这是一枚毫不起眼的螺丝钉，已经微微有些生锈的钉盖，钉子也早已没有了多少金属的钢蓝色光泽，如果不是自己发呆和无聊，贝尔无论如何也注意不到这颗螺丝钉。在沉闷和发呆时，贝尔的手指碰到了这颗螺丝钉，并且发现它有些松动，贝尔轻轻地用手将这颗螺丝钉往里拧了半圈，仅仅这半圈，奇迹竟出现了：世界上第一部电话机诞生了！

得知贝尔发明了电话机，莱斯马上赶到贝尔的试验室向贝尔表示祝贺并向贝尔请教。贝尔向莱斯一一介绍了自己对莱斯那部传声装置的改进，莱斯说："这些我都试验过。"贝尔摸着那颗螺丝钉说：

"我将它往里拧了二分之一，竟发生了奇迹。"莱斯怎么也不肯相信，一颗螺丝钉多拧或少拧二分之一圈，只不过是 5 丝米左右微不足道的差距，它能决定什么呢？莱斯半信半疑地将那颗螺丝钉拧松了二分之一圈，传声机果然没有了声音，他又将那颗螺丝钉向里拧了二分之一圈，那部传声装置立刻就可以传递话语了。

莱斯惊呆了，然后泪流满面痛悔不迭地说："我距成功只差 5 丝米啊！"

5 丝米，一颗普通螺丝钉的二分之一圈，大约只是半毫米，却让莱斯失败了。而恰恰只因为多拧了 5 丝米，贝尔成了家喻户晓的电话发明家。

失之毫厘，谬以千里。成功和失败并非是南极和北极之间的迢迢距离，很多时候，它们就并肩站在一起，决定成败的，往往只是你心灵的一点点倾斜。

上帝不敢辜负信念

5世纪中叶的一个夏天，航海家哥伦布从海地岛海域向西班牙胜利返航。

怀着又一次航海探险成功的喜悦，哥伦布率领着他的船队在风平浪静、一望无际的茫茫大海上像海鸟一样轻松地游弋。许多经历了惊涛骇浪的船员都在甲板上默默祈祷：上帝呀，请让这煦暖的阳光一直陪伴我们返回到西班牙吧！

但船队刚离开海地岛不久，天气就骤然变得十分恶劣。天空集满了一团一团苍黑的浓云，远方的闪电，不停地驱赶着巨大的风暴，狰狞地从远方的海上向哥伦布的船队迎头击来。

这是一场惊涛裂岸般的特大风暴。恶浪迭起，惊涛咆哮，一道道翻腾的浊浪呼啸着拍向哥伦布船队的一艘艘已经千疮百孔的木船，喷溅的海水跃上了船舷和甲板，几个还没来得及落下的船帆的桅杆在暴风雨里嘎吱嘎吱地折断了，几只海鸥凄叫着被暴风雨卷入汹涌的波涛里。风雨交加，电闪雷鸣，哥伦布的船队瞬间就被冲击得七零八落，就像几枚飘落在海上的树叶。

这是哥伦布航海史上遭遇的最大一次风暴，有几艘船已经被排浪打翻了，只一闪便沉入了大海的深渊。船长悲壮地告诉哥伦布说："我们将永远不能踏上陆地了。"

哥伦布知道，或许就要船毁人亡了，他叹口气对船长说："我们可以消失，但资料却一定要留给人类。"哥伦布钻进船舱，在疯狂颠簸的船舱里，迅速地把最为珍贵的资料缩写在几页纸上，卷好，塞进一个玻璃瓶里并加以密封后，将玻璃瓶抛进了波涛汹涌的茫茫大海。

"有一天，这些资料一定会被冲到西班牙的海滩上！"哥伦布肯定地说。

"绝不可能！"船长坚定地说，"它可能会葬身鱼腹，也可能被海浪击碎，或许会深埋沙底，但它绝不可能被冲到西班牙的海滩上去！"

哥伦布自信地说："或许是一年两年，也许是几个世纪，但它一定会漂到西班牙去，这是我的信念。上帝可以辜负生命，却绝不会辜负生命坚持的信念的！"

　　幸运的是，哥伦布和他的大部分船只都在这次规模空前的海上风暴里死里逃生了。回到西班牙后，哥伦布和船长都不停地派人在海滩上寻找那个漂流瓶，但直到哥伦布离开这个世界时，那个漂流瓶也没有找到。

　　在哥伦布生命的最后时刻，他拉着船长的手，依旧充满着自信地说："那个漂流瓶终有一天会被冲上西班牙的海滩的，这是我的信念。上帝可以辜负生命，但他绝不会辜负人的信念！"哥伦布去世了，船长还一直派人不停地在海边寻找着那个漂流瓶，但直到船长也离开这个世界时，哥伦布的那个漂流瓶依旧杳无音信。船长把哥伦布自信的话和寻找漂流瓶的使命告诉并嘱托给了自己的儿子，一代一代的人坚持在西班牙的海滩上寻找着。同时，他们也寻找着"上帝会不会辜负人的信念"的确切答案。

　　1856 年，大海终于把那个漂流瓶冲到了西班牙的比斯开湾，而此时，距哥伦布遭遇的那场海上风暴，已经整整过去了三个多世纪。上帝不会辜负生命的信念，上帝没有辜负哥伦布的信念。

　　是的，上帝是不会辜负生命的信念的，在飘飘摇摇起起落落的命运里，只要你信念的灯闪烁着，只要你信念的灯燃亮着，你就一定能够抵达你期望的驿站，你就一定能够梦想成真！

撬起世界的支点

在闻名世界的威斯敏斯特大教堂地下室的墓碑林中，有着一块扬名世界的墓碑。

其实，这是一块十分普通的墓碑，粗糙的花岗石质地，造型也泛泛一般，同周围那些质地上乘、做工优良的亨利三世到乔治二世等 20 多位英国前国王墓碑以及牛顿、达尔文、狄更斯等名人的墓碑比较起来，它更是微不足道、不值得一提的一块十分普通的墓碑。并且它还只是一个无名氏的墓碑，没有姓名，没有生卒年月，甚至它连对墓主人的介绍文字也没有。

但就是这样一块墓碑，却是名扬全球的著名墓碑，每一个到过威斯敏斯特大教堂的人，他们可以不去拜谒那些曾经显赫的英国前

国王，可以不去拜谒那些诸如达尔文和狄更斯等世界名人们，但没有人不来拜谒这一个普通的墓碑，他们都被这个墓碑深深震撼着，准确地说，他们都被这块墓碑上的碑文深深震撼着。

在这块墓碑上，刻着这样的话：

当我年轻的时候，我的想象力从没有受过限制，我梦想改变这个世界。

当我成熟以后，我发现我不能够改变这个世界，我将目光缩短了些，决定只改变我的国家。

当我进入暮年以后，我发现我不能够改变我的国家，我最后的愿望仅仅是改变一下我的家庭。但是，这也不可能。

当我现在躺在床上，行将就木时，我突然意识到：

如果一开始我仅仅去改变我自己，然后作为一个榜样，我可能改变我的家庭；在家人的帮助和鼓励下，我可能为国家做一些事情。

然后，谁知道呢？我甚至可能改变这个世界。

据说，许多世界政要和名人看到这篇碑文时都感慨不已，有人说这是一篇人生的教义，有人说这是一章生命力学的论文，还有人说这是灵魂的一种自省。当年轻的曼德拉看到这篇碑文时，他顿时有醍醐灌顶之感，声称自己从中找到了改变南非甚至整个世界的金钥匙。回到南非后，这个志向远大原本赞同用以暴抗暴来填平种族歧视鸿沟的黑人青年，一下子改变了自己的思想和处世风格，他从改变自己、改变自己的家庭和亲朋好友着手，历经几十年，终于改变了他的国家。

真的，要想撬起世界，它的最佳支点不是整个地球，不是一个国家、一个民族，也不是别人，它的最佳支点只能是自己的心灵。

要想改变世界，你必须从改变你自己开始。要想撬起世界，你必须把支点选在自己的心灵上。

假如时光可以倒流

　　纳德·兰塞姆牧师是法国最著名的牧师，无论是在里昂的富人区还是穷人区里，他都深受人们的尊重和敬仰。许多人在生命垂危之际，对亲人和亲朋好友提出的唯一要求，就是：请纳德·兰塞姆牧师来到自己的病榻前。要把自己的临终遗言告诉那位可敬的牧师。

　　纳德·兰塞姆已经90岁高龄了，他一生中曾一万多次来到那些临终者的病榻前，亲耳聆听并记录了那些临终者生命最后的话。

　　许多人都好奇地向纳德·兰塞姆牧师探询那些临终者最后的遗言是什么，但纳德，兰塞姆都微笑不语，他将临终者的遗言一一记录下来，想用自己生命的最后时光，为后人们编著一本最有教益的书。纳德·兰塞姆曾经对人们说，大家所关注的千万富翁、王公贵族的遗言没有几个如大家所臆想的那样是同他们的万贯家产有关的，那些社会显达名流的遗言也没有几个是和他们的权势和社会地位有关的。那是悔恨，是对自己一生的忏悔，忏悔差不多是所有临终者遗言的最后共同话题。

纳德·兰塞姆只透露过几个普通人最后的生命遗言，他说在里昂市，曾经有一个布店的老板，他一生勤勤恳恳，从一文不名起家，逐渐发展到有了自己的门店、豪华住宅以及一份不菲的家产，回首一生，他感慨万千。纳德·兰塞姆想，这个商人的临终遗言可能是和他一生辛苦创下的基业有关吧？但恰恰不是，病榻上的布店老板话锋一转，用气若游丝的声音说："亲爱的牧师，我今生最遗憾的是自己未能成为一个音乐家啊！"

纳德·兰塞姆不解地盯着病榻上双目深陷的临终者，那位临终者长叹了一声解释说："我年轻的时候十分喜欢音乐，曾经和著名的音乐家卡拉扬一起拜师进修音乐，我们一起弹钢琴、吹小号，那时我的音乐造诣远比卡拉扬出色，老师和同学们都十分看重我的音乐前程。"临终者气喘吁吁停下来歇了歇，又长长叹了口气说："十分可惜的是，二十多岁时我却迷上了赛马，从此整天泡在赛马场里，把自己的音乐天赋给荒废了，后来为了生活我又经营起了布店生意，生意一做就是几十年，再也没有涉及过音乐，要不我一定不会比卡拉扬逊色，一定也能成为一个举世瞩目的音乐家，而不是这样一个碌碌无为的布店的老板。唉，如果时光可以倒流，生命可以重来，

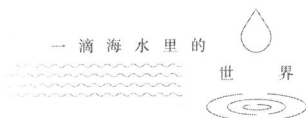

我就决不会做这种让人悔恨的傻事了！"老人说罢悔泪长流。

纳德·兰塞姆牧师说，像这样的临终遗言他曾经亲自聆听过上万次。

80岁时，纳德·兰塞姆牧师知道自己生命的时间已经不多了，于是他就开始深居简出，在教堂里，整理自己记录了一生的那些临终者的遗言，并把这本书命名为《最后的话》。《基督教箴言报》曾预言说："《最后的话》一旦出版，将是世界上最伟大的一部书，因为它将对每一个人的生命都有教益和启发，一点也不会亚于《圣经》！"但令世人惋惜的是，在《最后的话》即将编完的时候，纳德·兰塞姆所在的教堂意外发生火灾，纳德·兰塞姆一生的心血被付之一炬。火灾平息后，人们纷纷劝纳德·兰塞姆牧师重新开始，凭记忆再写《最后的话》，但老人拒绝了，老人说："生命遗言最后最重要的话，我会将它刻在我的墓碑上。"

纳德·兰塞姆去世后，安葬在圣保罗大教堂，墓碑上刻着他自己手写的碑文：假如时光可以倒流，世界上将有一半的人可以成为伟人！

但时光是永远不可能倒流，生命是永远不会重新到来的，每个人的人生都不可能拥有第二次机会，那么，与其让我们在生命的最终时刻痛悔，为什么不从现在就开始做一些我们认定可以无悔的事业呢？

只要马上投身不会让生命痛悔的事业，那么你就可能成为伟人！

以己为镜

爱因斯坦小时候是个十分贪玩的孩子。每天，他不是在大街上闲逛，就是和周围的一群孩子到庄园或河边玩耍，像个十足的少年嬉皮士。

爱因斯坦的母亲常常为此忧心忡忡，她再三告诫爱因斯坦说："不能再这样下去了。你现在不学一些东西，长大了如何能出人头地呢？"爱因斯坦总是不以为意地回答说："你瞧瞧我的伙伴们，他们不都和我一样吗？"

直到 16 岁的那年秋天，一天上午，父亲将正要去河边钓鱼的爱因斯坦拦住说："昨天我碰到了一件有趣的事情。我给你讲完了，你再去钓鱼，怎么样？"

爱因斯坦很不乐意地站住了。

父亲说："昨天，我和咱们的邻居杰克大叔去清扫南边工厂的一个大烟囱。那烟囱只有踩着烟囱内的钢筋踏梯才能上去。你杰克大叔在前面，我在后面。我们抓着扶手，一阶一阶地终于爬上去了。下来时，你杰克大叔依旧走在前面，我还是跟在他的后面。后来，钻出烟囱，我们发现了一个奇怪的事情：你杰克大叔的身上、脸上全部被烟囱里的烟灰蹭黑了，而我身上竟连一点烟灰也没有。"

爱因斯坦的父亲继续微笑着说："我看见你杰克大叔的模样，心想我肯定和他一样，脸脏得像个小丑，于是我就到附近的小河里去洗了又洗。而你杰克大叔呢，他看见我钻出烟囱时干干净净的，就以为他也和我一样干净呢，于是就只草草洗了洗手就大模大样上街了。结果，街上的人都笑痛了肚子，还以为你杰克大叔是个疯子呢。"

爱因斯坦听罢，忍不住和父亲一起大笑起来。父亲笑罢了，郑重地对爱因斯坦说："其实，别人谁也不能做你的镜子，只有自己才是自己的镜子。拿别人做镜子，白痴或许会把自己照成天才的。"

爱因斯坦听了，顿时满脸愧色。

爱因斯坦从此离开了那群顽皮的孩子。他时时用自己做镜子来审视和映照自己，终于映照出了生命的熠熠光辉。

一滴海水里的世界

拉曼是 20 世纪世界上声学光学领域中最杰出的科学家之一。1921 年秋天，拉曼在欧洲参加完一次学术研究，乘客轮取道地中海返回他的祖国印度。

傍晚的地中海上一片静谧，除了几只翱翔的海鸟，蓝蓝的天空和蓝蓝的大海水天相接，整个世界仿佛都是一片晶莹的蔚蓝，年轻的拉曼兴致勃勃地站在甲板上，深深沉醉在这无边无际的浩渺蓝色的世界里。在他身旁的船栏上，依偎着一个年轻的母亲和她刚刚八九岁的漂亮女儿。小姑娘看来是第一次乘船，她很兴奋，不停地向她的妈妈提出各种各样的问题，她的妈妈微笑着给她一一解答，后来，小姑娘又向妈妈提出一个疑问说："妈妈，你能告诉我海水

为什么那么蓝吗？"小姑娘的妈妈想了好久，但还是不好意思地摇摇头说："这个连妈妈也说不清楚。"

看着小姑娘有些失望的眼神，拉曼禁不住走上前去，微笑着对小姑娘说："来，叔叔可以告诉你海水为什么是蓝色的。"

"为什么呢？"小姑娘兴奋地问。

拉曼说："那是海水反射了蓝色天空的颜色。"

小姑娘高兴地点了点头，但又很快摇了摇头说："不对，如果天空里充满了白色的云朵，那么海水不也就成了白色的了吗？"

拉曼一听，愣了。是啊，如果天空里布满了白色的云朵，那么海水不就成了白色的吗？可海水却仍然是蓝色。看来，海水并不是科学家所说的，是因为反射了天空的颜色才变蓝的。拉曼认定这个科学的解释一定存在着许多的谬误。

回到印度后，拉曼立刻着手研究为什么海水是蓝色的这一看似幼稚又有些无足轻重的课题。他用种种方式，很快推翻了"海水呈蓝色，是因为它反射了天空的颜色"这唯一盖棺定论的科学解释，但"海水为什么是蓝色"的科学研究，却耗尽了拉曼一生的宝贵时光。

直到 1990 年，当拉曼已经是垂垂老人时，他才真正找到了这个谜底，提出了新的科学解释，他的发现被科学界称为"拉曼效应"，拉曼因此而荣获了当年度的诺贝尔物理学奖，他是印度也是亚洲历史上第一位获得此项殊荣的科学家。

在瑞典皇家学院的颁奖典礼上，拉曼在发表演讲时说："不要忽视一个普遍的小疑问，不要忽视一滴海水，那都是我们未知的一个大世界。"

　　小姑娘的一个小疑问，牵出了物理科学上的一个大发现，这是一则人间的奇迹，或许，没有小姑娘那个显得十分幼稚的疑问，就不会有"拉曼效应"，更不会有拉曼的诺贝尔物理学奖。

　　奇迹，也是从小事情上破土萌芽的，如果你忽视了小事情，也许也就和创造奇迹的机遇擦肩而过了。

　　一滴海水里，往往藏着一个让你无法预料的大世界。

多想一点点

魏格纳是 20 世纪世界上最伟大的科学家之一，他创造和发现的大陆板块漂移学说，是 20 世纪世界地理史上最伟大的学说之一。这样崭新又伟大的学说，是不是魏格纳皓首穷经、付出了巨大的努力才取得的来之不易的成果呢？不知道魏格纳的很多人都是这样认为的。但恰恰相反的是，大陆板块漂移学说对魏格纳来说不过是一次十分偶然的发现，在发现的过程中，并没有什么惊天动地的事情发生过。

1910 年，魏格纳生病了，他不得不躺在病床上接受治疗。他病房的墙壁上挂着一幅世界地图，醒着的时候，魏格纳就盯着那幅地图来消遣时光，依靠观察那幅地图来打发医疗期那些枯燥而宁静的日子。经过长时间的观察，魏格纳发现了一件十分有趣的事情：通过地图来看，大西洋两岸好像是互补的，南美大陆巴西东部凸出的部分，和大西洋彼岸的非洲大陆西海岸的赤道几内亚、加蓬、安哥拉凹缺部分十分对应，一方是凹陷的，另一方必定是凸出的。魏格纳进一步细细观察，他发现如果不是大西洋，那么南美大陆和非洲大陆完全可以吻合成一个天衣无缝的完整大陆。是不是这两块大陆过去就是一个整体，而由于地壳运动被意外地分开了呢？魏格纳陷入了深思。

不久，魏格纳就开始着手对南美大陆和非洲大陆上的地质学、古生物进行研究，终于证实了一个令世界地理学耳目一新的理论：大陆板块漂移学说。原本籍籍无名的魏格纳也因此一跃成为世界上大名鼎鼎的地理学家。

同样的幸运之光也照射在斐塞司博士身上。斐塞司博士非常喜爱宠物，他家里经常养着他喜欢的狗和猫。一天上午，和往常一样，吃过午饭后斐塞司博士坐在门前晒着太阳打盹，这是他的老习惯了。在他晒太阳打盹时，他的猫和狗就卧在他的脚边，和他一起晒太阳打盹。晒了一会儿，太阳一点一点西移了，房子和树荫遮挡住了照在猫狗身上的阳光。猫和狗及时醒了，它们马上爬起来，伸一个长长的懒腰，又挪到阳光能晒到的地方，躺在阳光下又惬意地睡着了。

猫和狗追着阳光睡觉打盹，这对于任何人来说都是司空见惯的事情，但却引起了斐塞司博士的强烈好奇。它们为什么喜欢待在阳

光下呢？是因为喜欢光和热，还是阳光能给予它们什么？如果光和热能给予它们什么有益的东西，那么对于人体是不是同样有益呢？

不久，日光疗法就在斐塞司博士的研究下诞生了，斐塞司博士也因为他那睡懒觉的猫和狗而荣获了诺贝尔医学奖。在授奖致辞中，斐塞司博士说："这个奖项对于我来说是个意外，我并没有做过多少的工作，如果说我比别人多做了一点什么的话，我只承认，自己只不过是比别人多想了那么一点点。"

正如斐塞司博士所说的那样，成功和伟大并非如我们所想的那样高不可攀，有许多时候，它并不需要我们付出太多的东西，只需要我们对平常的事物有一颗不平常的心，只需要我们去多想那么一点点。

如果一个苹果落在你的头上，你也能像牛顿那样多想一点点，如果对着一幅世界地图和躺在你脚前晒太阳的猫和狗，你也能像魏格纳和斐塞司一样多想一点点……其实，伟大离我们每个人都并不十分遥远，就是当你面对大家司空见惯的事物时，你只要能比别人多想一点点。

虚掩的门

听说英国皇家学院公开张榜为大名鼎鼎的教授戴维选拔科研助手，年轻的装订工人法拉第激动不已，赶忙到选拔委员会报了名。但临近选拔考试的前一天，法拉第被意外通知，取消了他的考试资格，因为他是一个普通工人。

法拉第愣了，他气愤地赶到选拔委员会。但委员们傲慢地嘲笑他说："没有办法，一个普通的装订工人想到皇家学院来，除非你能得到戴维教授的同意！"

法拉第犹豫了。如果不能见到戴维教授，自己就没有机会参加选拔考试。但一个普通的书籍装订工人要想拜见大名鼎鼎的皇家学院教授，这可能吗？

法拉第顾虑重重，但为了自己的人生梦想，他还是鼓足了勇气站到了戴维教授家的大门口。教授家的门紧闭着，法拉第在教授门前徘徊了很久。终于"笃笃笃"，教授家的大门被一颗胆怯的心叩响了。

院里没有声响，当法拉第准备第二次叩门的时候，门"吱呀"一声开了。一位面色红润、须发皆白、精神矍铄的老者正注视着法拉第，"门没有闩，请你进来。"老者微笑着对法拉第说。

"教授家的大门整天都不闩吗？"法拉第疑惑地问。

"干吗要闩上呢？"老者笑着说，"当你把别人闩在门外的时候，也就把自己闩在了屋里。我才不当这样的傻瓜呢。"他就是戴维教授。他将法拉第带到屋里坐下，聆听了这个年轻人的叙说和要求后，写了一张纸条递给法拉第说："年轻人，你带着这张纸条去，告诉委员会的那帮人说戴维老头同意了。"

经过严格而激烈的选拔考试，书籍装订工法拉第出人意料地成了戴维教授的科研助手，走进了英国皇家学院那高贵而华美的大门。

其实这世界上没有一扇门是紧闭的，只要你有勇气，没有一扇门不会被叩开。

成功需要多长时间

　　两个年轻人酷爱画画，一个很有绘画的天赋，一个资质则明显差一些。20 岁的时候，那个很有天赋的年轻人开始沉醉于灯红酒绿之中，整天美酒笙歌醉眼迷离，丢掉了自己的画笔。

　　而那个资质较差的年轻人则没有。他生活虽然极为贫困，每天需要打柴、下田劳作，但他始终没有丢掉自己钟爱的画笔。每天回来得再晚、再累，他都要点亮油灯，伏在破桌上全神贯注地画上一个钟头。即使在他做木匠走村串户为别人打制桌椅床柜的时候，他的工具箱里也时刻装着笔墨纸砚，休歇的短暂间隙，行路时的路边稍坐，他都会铺上白纸，甚至以草棍代笔，在泥地上画上一通。

　　40 年后，他成功了，从湖南湘潭一个名不见经传的小镇上的一

介平凡木匠，成了蜚声世界的画坛大师，这个人就是齐白石。

齐白石成功后，曾和他一样酷爱过绘画的那个年轻人到北京来拜访过齐白石，此时，他同已自称"白石老人"的齐白石一样，已经是个年过六旬的老头了，两个人促膝交谈，齐白石听他慨叹美术创作的艰辛和不易，听他诉说对自己从事绘画半途而废的深深惋惜，齐白石听完莞尔一笑说："其实成功远不如你想的那么艰辛和遥远，从木艺雕刻匠到绘画大师，仅仅只需要四年多的时间。"

"只需要四年多一点？"那个人一听就愣了。

齐白石拿来一支笔、一张纸伏在桌上给他计算说："我从 20 岁开始真正练习绘画，35 岁前一天只能有一个小时绘画的时间，一天一小时，一年 365 天，只有 365 小时，365 小时除以 24，每年绘画的时间是 15 天；20 岁到 35 岁是 15 年，15 年乘以每年的 15 天，这 15 年绘画的全部时间是 225 天；35 岁到 55 岁的时候，我每天练习绘画的时间是 2 小时，一年共用 730 小时，除以每天 24 小时，折合是 31 天，每年 31 天乘以 20 年合计是 620 天；从 55 岁至 60 岁，我每天用于绘画的时间是 10 小时，每天 10 小时，一年是 3650 小时，折合是 152 天，5 年共用 760 天。20 岁到 35 岁之间的 225 天，加上 35 岁到 55 岁的 620 天，再加上 55 岁到 60 岁时的 760 天，我绘画共用 1605 天，总折合 4 年零 4 个月。"

4 年零 4 个月，这是齐白石从一个乡村的懵懂青年成为一代画坛巨匠的成功时间，很多人对齐百石仅用了 4 年零 4 个月的时间成功很惊愕，但何须惊愕呢？其实成功离我们每个人并不远，成功也不需要太长的时间，只要你坚持，只要你勤奋，成功的阳光便很快会照射到你忙碌的身上。

　　不要畏惧成功的遥遥无期，成功其实不需要太长的时间，用上你发呆或喝咖啡的时间已经足够了。

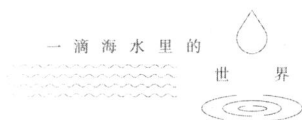

逃离掌声

邓泰山是来自越南河内的钢琴家。越战时期，为了躲避战火和轰炸，河内音乐院迁至深山密林的防空洞里。在潮湿、阴暗的防空洞里，当许多同学因无法坚持这样艰辛的求学生活而纷纷离去时，刚刚十几岁的邓泰山却咬牙坚持了下来，而这样暗无天日的生活他一坚持就是七年。

绝世的天赋，对音乐的疯狂热爱，终于使邓泰山在 16 岁那年遇到了伯乐。苏联著名钢琴家卡兹教授到越南听到邓泰山的钢琴演奏后，立刻要求邓泰山直接学习拉赫曼尼诺夫的《第二钢琴协奏曲》。刚开始拿到乐谱，面对密密麻麻的音符，邓泰山如对天书。但即便是如此，对音乐如痴如醉的邓泰山还是在两个月之内就把这首艰深的曲子行云流水般弹奏了出来，令卡兹教授吃惊不已。经过卡兹教授的极力推荐，邓泰山成了莫斯科音乐学院的一名学生。但学院里的音乐教授们都坚持认为，以邓泰山这样的年龄学习钢琴演奏为时已晚，谁都不愿意接收他。迫不得已，只有行将退休的纳坦森教授收邓泰山为门徒。谁都没有料到，只经过短短一年的时间，邓泰山就在大一的毕业考试中令人刮目相看。大二期末，邓泰山在毕业考试时演奏了极其艰深的拉赫曼尼诺夫《第三号钢琴协奏曲》，吓得教授们个个呆若木鸡，简直无法相信自己的眼睛和耳朵。大学三年级的那年秋天，没有丝毫的比赛经验，没有举行过一场自己的独奏会，也从未和乐团合作过的邓泰山独自乘上了从莫斯科驶往华沙的火车，赶去参加肖邦国际钢琴大赛。他一鸣惊人，摘取了当届肖邦国际钢琴大赛冠军、马卡祖奖等在内的当届大赛全部特别奖。这是自1980年至今，亚洲钢琴家在主要国际大赛中夺冠的第一人。

邓泰山旅居日本后，也经常举办自己的钢琴演奏会，每场演奏会都赢得了观众的热烈赞赏和震耳欲聋的掌声，日本人对他十分敬仰和崇拜。但短短四年后，邓泰山不顾日本人的苦苦挽留，还是要执意离开东瀛。许多朋友不解，问邓泰山，邓泰山回答说："我在日本根本不可能成长。因为就算我弹差了，听众还是疯狂地鼓掌，如果我不逃离这样的掌声，终有一天，掌声将会被别人对我的惋叹所替代。"

邓泰山毅然决然地从日本离开了，从狂热的掌声漩涡中脱离

出来。

又有多少人能像邓泰山这样不贪恋狂热的掌声呢？他们怡然沉醉在掌声的海洋中，沉浸在颂扬中。渐渐地，掌声和颂扬把他们彻底湮没了，让他迷乱不清，找不到方向，最后，他们只得到一声惋叹。

是的，谁不是在为赢得别人的喝彩和掌声而生活和苦苦奋斗着呢？一些人拥有掌声后，就迅速抽离了，安贫乐道、矢志不渝地奋斗在自己神圣的事业中，于是成为扬名青史的大师；而很多人，却沉醉于掌声中，从此裹足不前，于是从美玉变成石头，成了平凡而普通的庸者。

成功，不能等待

1896 年 6 月 2 日，世界上第一台电报机诞生了。电报的诞生，给世界信息业带来了一场日新月异的革命，到 1921 年 6 月 2 日，当电报诞生短短 25 周年的时候，《纽约时报》对这一历史性的发明发表了一个总结性的消息，告诉世人：因为电报的诞生，人们每年接收的信息量是 25 年前的 50 倍。

看到这一消息后，当时有至少 50 个机敏的美国人对此产生了浓厚的兴趣，他们立刻想到创办一份综合性的文摘杂志，遍选精华，使人们能在千头万绪、林林总总的信息中，更加容易和直接地看到自己迫切需要知道的信息。这 50 个人，差不多都是美国的商界精英和政界头面人物，他们之中有百万富翁、出版商、记者、律师、作家，

甚至还有一位忙碌的国会议员。他们都同时从电报诞生 25 周年这个消息上得到启迪，不约而同地相信，如果创办一份文摘性刊物，一定会拥有很多的读者，创办者百分之百可以从中赚到一笔巨额的利润。在不到一个月的时间里，他们都到银行存了 500 美元的法定资本金，并顺利办理了创办刊物的执照。当他们拿着执照到邮政部门申请办理有关发行的手续时，邮政部门却一概拒绝了，邮政部门说："从来还没有代理过这类刊物的征订和发行业务，如果同意代理，现在也不到时候，最快也要等到明年中期的总统大选以后。"

许多人得到这种答复后，就决定按照邮政部门说的那样，只好等到明年中后期了。甚至有几个精明人为了免交执业税，马上向管理部门递交了暂缓执业的申请。但只有一个年轻人没有停下来去等待，他立即回到家里，买来纸张、剪刀和糨糊，和他的家人马上糊了 2000 个信封，装上了一张张的征订单，然后把信送到邮局全部寄了出去。

很快，一本全新的文摘性杂志《读者文摘》就送到了许多读者的手里，并且发行量直线上升，雪片似的订单从四面八方纷纷飞向了杂志社。第二年中期，当邮政部门终于答应代理发行征订手续时，《读者文摘》通过直接邮购早就在市场上稳稳站住了脚跟了。那些当初也曾梦想过办这样一份文摘性杂志的人现在手捧着《读者文摘》个个追悔莫及，如果自己不是坐等时机，他们也足以办起这样一本风靡全美的畅销杂志，但恰恰是因为等待，他们失掉了一个千载难逢的珍贵机会。

而没有等待的年轻人叫德威特·华莱士，他抓住机遇，出手就创造了世界出版史上的一个奇迹，他创办的这份《读者文摘》出手不凡而且经久不衰，到 2002 年 6 月，《读者文摘》已拥有了 19 种文字、48 个版本，发行范围遍布全球五大洲 127 个国家和地区，订户 1 亿多人，年收入达 5 亿美元之多。

成败就是这样，当相同的机遇同时光顾许多人的时候，有的人在等待时机的成熟，而有的人却马上一跃而起紧紧抓住了机遇。那些从不等待的人成功了，而那些坐等机遇的人，当他们觉得时机已经成熟，准备去抓住机遇的时候，却常常十分痛悔地发现，那些机遇早就成了别人篮子里沉甸甸的果实了。

这世界上没有什么成熟的时机，当你隐隐约约看见时机时，时机就应该被你立刻抓住，时机不能等待，即便是让它成熟也应该是让它在你的手心里慢慢成熟，否则，你的等待，只不过是给别人创造了夺门而入的机会。

时机就是现在，成功不能等待。

只要你是对的

1950 年 9 月 20 日，名不见经传的青年作曲家王莘，将他创作的《歌唱祖国》歌曲原稿寄给一家报纸的文艺副刊。

不久，王莘收到了那家报纸副刊编辑的一封退稿信。读罢退稿信，王莘又再三读了读自己的作品，越读越觉得那位编辑的意见仅是一己私见，自己的作品还是十分令自己满意的。于是，王莘满怀希望，把《歌唱祖国》又寄给了另外一家报纸的文艺副刊。

没过多久，那家报纸也十分客气地把《歌唱祖国》退回来了。

是不是自己的作品真的没有达到发表的水平？拿着退稿信，王莘又把自己的作品认真看了又看，越看越认定《歌唱祖国》是一首十分难得的佳作，没报刊愿给自己发表就算了，但好作品绝不应当被埋没，王莘自己将《歌唱祖国》刻蜡版印了十几份，寄送给自己的一些朋友，征求朋友们对自己作品的意见。没多久，时任天津音乐工作团合唱队队长的王巍打电话告诉王莘说，他认为《歌唱祖国》是一首十分难得的佳作，他已经组织了十几名青年演员，开始《歌唱祖国》的试唱。这群年轻人演唱两遍后，立刻激动万分地说："这真是一首难得的好歌，曲调优美、流畅，真是太棒了！"

1950 年年底，中国唱片厂到天津来选歌，他们一听完《歌唱祖国》就激动万分地说："这首歌太美妙了，我们一定要选这首歌！"就这样，《歌唱祖国》被灌进了新中国成立后的第一批唱片，从此不胫而走，唱响了祖国的大江南北。

2003 年国庆前夕，《歌唱祖国》的镀金光盘被国家博物馆正式收藏。

如果当初王莘先生在接连两次被退稿，自己的心灵也给自己退稿，如果王莘先生遭到别人否定后也轻易地把自己否定，那么，会有《歌唱祖国》至今袅袅绕梁不绝吗？会有《歌唱祖国》这首经典歌曲的经久不衰吗？

只要你是对的，就不要轻易去否定你自己。只要你是对的，你就要执着地去坚持。人生成功的支点，常常就在于面对别人的纷纷否定，而自己的心灵却从不迷失。

第 三 辑

一沉思，万物都有隐隐的启示

假若一个人对生活和人生抱平常的心态，那
么他就是一掬常态下的水，他能奔流进大河、
大海，但他永远离不开大地；假若一个人对
生活、人生是 100℃的炽热，那么他就会变成
水蒸气，成为云朵，他将飞起来，他不仅拥有
大地，还能拥有天空,他的世界将和宇宙一样大。

败于自己

一位棋道高手退下来后被聘请为教练，他培训年轻选手的方式十分特别。

他不教年轻棋手们怎样去进攻别人，也不教年轻选手们如何运用谋略，他和徒弟们天天对弈，决出输赢后，让他们记住他们自己对弈时的每一步，然后，让棋手们仔细推敲他们自己的每一步落子，找出自己的失误，这就是他布置给那些年轻棋手的作业。找出自己失误多的，他就表扬，找出自己失误少的，他就十分严厉地予以批评。

这样教的时间长了，那些年轻棋手纷纷有了意见，大家都说他的教棋方式太单调，既不能旁征博引讲出令人信服的理论，也没有实战的经验和技巧，虽说他过去是个棋道高手，但他不适合当教练，同行的几位教练也对他十分不解，怎么能如此教棋呢？不传谋略，不传技巧，只让棋手自查失误，如此怎么能培训出一流的棋手呢？

面对年轻棋手们的不满和同行教练们的不解，他依旧我行我素，还是认真地让棋手们个个体察自己对弈时的失误，有时，他只是给他们一个简单的提醒，更大的失误，都让年轻棋手们去自我发现和体察，刚开始时，每局对弈下来，每个棋手都能找出自己的诸多失误，甚至许多人都觉得自己简直是个臭棋篓子。日久天长，那些棋手的失误越来越少了，有的甚至一局对决下来竟没有一次失误。这个时候，选手们开始向他要求说："给我们传点理论和技巧吧，对弈，毕竟是要取胜于别人，不是自己和自己决胜负，没有谋略和技巧怎么行呢？"

他冷冷地一笑说："棋道，没有什么技巧，也没有什么谋略，一个对弈高手，最大的技巧就是能够轻而易举地发现自己的破绽，最高的谋略就是能够避免自己的失误！"后来，他培训的选手参加对弈大赛，和许多顶尖的棋手对决，很多高手都纷纷被他们击败，那些高手们惊讶不已，个个摇着头叹息说："这些年轻选手太厉害了，虽说他们没有什么技巧和谋略，但我们却丝毫找不到他们的破绽和失误，他们赢就赢在他们没有失误上。"

获胜之后，那些年轻选手欣喜若狂地回来向他报喜，他说："一个棋手能否赢得了别人，技巧和谋略都无关紧要，最重要的是他要赢得了自己，杜绝自己的失误，没有失误，就没有破绽，任何人都

对你束手无策了。"

是啊,人生难道不是一场对弈吗?那些善于发现自己不足的人,他们及时克服自己的失误,不给自己的对手留下丝毫破绽,稳扎稳打,步步为营,于是他们获胜了。那些不能发现自己不足的人,他们的失误造成了一个又一个的破绽,给了对手一次次进攻他们的机会,于是,在一次次的不慎失误里,他们被对手抓住机会彻底击败了。

自己的失误,往往就是对手击败自己的机遇,许多时候,我们并不是失败于自己弱小,而仅仅是失败于自己的失误。

失败,常常是因为自己首先败给自己。

为自己的停留买单

有一天下着小雨，因为有急事，我必须赶到两位朋友家去。

出了门，躲在街旁的法国梧桐树下等了好久，才拦下了一辆出租车。我对司机说："到兰花街六号。"司机很不情愿，因为兰花街六号不太远，不到两公里，他只能收取五元的出租车启动费，而启动费里已包括了三公里内的计程费，就是说，付给他五元钱，我就不用再支付其他什么费用了。见司机不情愿，我告诉他说："到兰花街六号办点事儿，我还要到兰花街尽途的郊区去。"司机这才懒洋洋地启动了车子。

到了兰花街六号，我付给司机五元钱，并告诉他："如果愿意，你可以在这里稍稍等候，一会儿我还要到郊区去。"司机像没睡醒

的样子，懒洋洋地点了点头。

到了第一位朋友家，匆匆忙忙把事情办完，茶也没顾得上品一口，就匆匆忙忙下楼，可到街边一看，那辆出租车还是走了，街上，只有打着雨伞来来往往的行人，只有一街的沙沙细雨。

只好重新再叫一辆出租车了。

又等候了好久，才重新拦到了一辆出租车。这辆出租车的司机是位明眸皓齿的女孩，十分开心也十分健谈的样子，坐进车子，她问我到哪里去，我说："就沿这兰花街，到尽途的郊区去办点事儿。"

"就这么一点点远呀？"女孩边笑着问边轻轻启动了车子。

"不足两公里。"见女孩很健谈，我就告诉她说："不足六公里的路，我付了两次五元的启动费。"女孩不解，我向她解释说："由于中途稍作停留，我打了两次出租车，你这辆车，是我在这条街上打的第二辆。"

听了我的解释，女孩乐了，调皮地眨了眨眼睛说："你中途停留了，所以你肯定得为你自己的中途停留买单。"

为自己的中途停留买单？我一怔。又细细想想，是啊，谁不为自己的中途停留买单呢？车辆在中途停留一次，重新启动时，要比正常行驶多耗一些油；长跑的运动员中途稍作停留，要恢复正常的运动状态，就必须多用一些力；假若飞行的飞机要在飞行途中的天空稍作停留，那代价可能要比它的本身更要昂贵……

成功的途中不能停留，如若停留，你就要付出比别人更多的努力。

追求成功的旅程中，我们不能在中途停留，如果停留，你肯定要为自己的停留买单。

负重，才不会跌倒

一艘货轮卸货后返航，在浩渺的茫茫大海上，他们突然遭遇到前所未有的巨大风暴。狰狞的排浪和疯狂的暴风一次次席卷着这艘货轮，把货轮一会儿抛到浪尖上，一会儿又甩到浪谷下，时刻都有船翻人亡的危险。

惊慌失措的船员和水手们，他们个个脸色苍白地团团围住老船长，求老船长马上想出一个脱险的办法来。船被飓风狂飙吹打得歪过来又歪过去，咆哮的海水哗哗地溅到甲板和货轮上。老船长思忖了片刻，果断地下达命令说："打开所有的货仓，立刻往货仓灌水！"

几位年轻的船员和水手担忧地说："风暴这样厉害，浪又这么高，货仓里什么也没装我们已够危险了，如果再把货仓里灌满了水，增加了货轮的负载量，我们不就更危险吗？"老船长看了他们一眼说："大家谁看见过根深体重的树被暴风刮倒过？"船员和水手们想了想都摇摇头。老船长说："这样的树是不会被风刮倒的。而被飓风刮倒的往往是那些根浅体轻的树。就像人，背负重物的常常不会跌倒，跌倒的反而是那些身无一物、两手空空的。因为他没有负重，所以也就没有了站稳的强大力量。"

船员们半信半疑地打开了所有卸空的货仓，立刻拼命地往货仓里灌水。随着货仓里的水越来越满，暴风虽然依旧那么疯狂，排天的巨浪虽然依旧那么猛烈，但货轮却渐渐平稳了，像在海水中扎下了坚实而沉稳的根。老船长告诉那些松了一口气的水手们说："一只空木桶，是很容易被风打翻的。如果把它盛满水，增加了它的负载量，那么再大的狂风，也打不翻它了。"老船长顿了顿说："有经验的水手都知道，在船上装满沉重货物的时候，是最不用担心风大浪高，是出海最安全的时候，恰恰在你空船的时候，才是风浪最容易把船打翻的时候，才是最危险的时候。负重才会沉稳，才会安全。"

何尝不是呢？

那些胸藏大志、满怀抱负的人，沉重的责任感时时刻刻压在他们的心头，砥砺着他们人生的坚稳脚步，他们从岁月和历史的风雨中脚步坚定地走了出来，成了岁月和历史中磐石般的丰碑。而那些得过且过、空耗时光的人，他们像没有盛水的空空木桶，往往一场人生的风雨就把他们彻底打翻了。

给我们自己加满"水"，使我们负重，这样我们才能够站得更稳，才不容易被人生的风雨打翻！

记住目标

一个人要到远方去旅行，在车上，他翻开随身携带的交通图册，细数列车要经过的小站，那些小站名字密密麻麻，竟有 600 多个。600 多个小站，要走到什么时候啊？旅人再也不能平平静静坐下去了，车行一会儿，他便焦急地扒着车窗向外张望，看某个小站到了没有？或者焦急地问列车员说："这么长时间了，某某小站过去了没有？"

列车上的宁静时常就这样频频被他打破，那些刚刚想闭上眼睛稍稍歇息一下的同厢旅客，那些正静静相偎而坐的情侣，那些正轻轻交谈谈兴正浓的朋友，都对这个焦急的旅客十分不满。大家纷纷低声地要求这个车厢的列车员说："能不能另找一节车厢让他去待

着呢？瞧他老是那么焦急，那么大声嚷嚷，大家都感到烦透了。"

列车员是个头发已经花白的慈祥老头儿，听到满车厢人对那位旅客的抱怨后，列车员笑眯眯地轻轻走到那位焦躁的旅客面前，轻轻地拍了拍他的肩膀说："小伙子，能到我的工作厢里聊一聊吗？"

到了列车员仅仅能容下两个人的狭小工作厢内，那位年轻旅客便禁不住叫了起来："怎么就这么一点点的地方啊？"列车员平静地笑笑说："就这么一点点地方，可是您知道吗？在这一点点的地方，我已经坐了 30 年了。"

"30 年了？"年轻旅客更惊讶了。

列车员不置可否地笑笑又说："我守在这里 30 年，并且 30 年都泡在这条铁路线上。"

"天哪，30 年，一条线！"年轻旅客更吃惊了。年轻旅客问："这么多的小站，你每天就这么经过，你不着急吗？"

"着急？"列车员笑着说，"没什么可急的，我从来不在乎这些数不清的中途小站，我只记住始发站和终点站，然后便全力以赴投入我的工作就行，有什么可急的呢？"列车员顿了顿又说："就好像一个人，只要他出生长大成人，他只需记住自己生命的目标，只需知道自己在不停地忙碌着就行，不必去担心自己的每一天要怎么过，每一件事要怎么做，就像一棵大树不必担心一片微小的树叶，一条大河不必担心一滴微小的水，这样生命和人生才会变得坦然而从容。"

是的，人生的路途虽然漫长而遥远，虽然有着许多或苦或甜的人生小站，但我们不必去一一留意那些岁月的小站，只要记住我们人生的最终目标，而且知道自己时刻都在为这个人生目标工作着就行了。

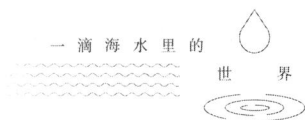

胸藏阳光

一个人带着他的两个孩子到撒哈拉沙漠去旅游。

见到无边无垠的大沙漠后，一个孩子不屑地说："这么大的沙漠，这么多的沙子，真是个不毛之地啊！"而另一个孩子看到沙漠则兴奋、惊讶地说："这么大的沙漠，这么多的沙子，真是一笔巨大的财富啊！"

旅人问他的那个孩子说："你为什么不喜欢这片大沙漠呢？"孩子说："大沙漠除了这些没用的沙子，没有树、没有草、没有水，谁喜爱沙漠谁准是世界上最大的傻瓜。"

另一个孩子听了哥哥的话，立刻纠正说："不，一点都不是你说的那样，虽说这沙漠里没有树，没有草，也没有水，但它有金子。

难道你没听说过沙里藏金这个词吗？这么大的沙漠，该藏着多少的金子啊！"

还有两个小女孩，她们两个一起到公园里玩耍。公园里盛开着许许多多的白玫瑰和红玫瑰，一朵朵娇艳欲滴，花香醉人。一个小女孩面对着漂亮的玫瑰惋惜地说："多么漂亮的花朵，怎么长了那么多丑陋的尖刺？！"而另一个小女孩则赞赏地说道："刺上竟开了这么多美丽的花朵，真是不可思议啊！"

几十年后，在沙漠里只看到满眼沙子的那个孩子在贫困中潦倒地死去了；在花园里惋惜玫瑰上生着刺的女孩在忧郁中积劳成疾也早早死去了；而在沙漠里看到黄金的孩子，他从一文不名的穷小子渐渐成了一个家产上亿的大富翁；那个惊叹刺上绽开着玫瑰的小女孩虽然生活得很贫困，但她很乐观，她的一生温暖而幸福。

有怎样的心灵，就有怎样的世界；有怎样的心灵，就有怎样的人生。心布阴霾，命运将是黯淡的；胸藏阳光，生活将是明媚而幸福的。

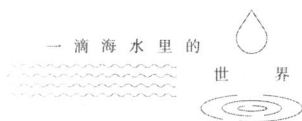

心灵的温度

　　教授的一群学生毕业要离开教授了，最后一堂课，教授把他们带到了实验室。皓首白发的教授说："这是我给你们上的最后一堂课了，这是一堂最简单的试验课，也是一堂最深奥的试验课，我希望你们以后能永远记住这最后一堂课，因为这对你们的一生将十分有益。"

　　教授说着，取出了一个玻璃容器，又往容器里注入了半容器清水。教授说："这是常态下的水，如果把它倒进一条小溪里，它将能流入大河，然后和许多水一道奔流着涌进大海。"教授把盛水的容器放进一旁的冰柜说："现在我们将它制冷。"过了一会儿，容器被端出来了，容器里的水凝结成了一块晶莹剔透的冰，教授说：

"0℃以下,这些水就成了冰,冰是水的另一种形态,但水成了冰,它就不能流动了,诸如南极极地的一些冰,它们待在那里几千年几万年了,几公里外的地方它们都不能去,更别说是流向大河,流向大海了,它们的全部世界就是它们立足的那丁点大地方,我们实在替这种水感到深深惋惜和悲哀啊。"

"现在,我们来看水的第三种状态。"教授边说边把盛冰的玻璃容器放到了酒精炉上,并点燃了酒精炉。过了一会儿,冰渐渐融化了,后来被烧沸了,咕嘟咕嘟地翻腾出一缕缕乳白色的水蒸气,在实验室里静静地氤氲着、弥漫着。

过了没多久,容器里的水蒸发干了。教授关掉酒精炉让同学们一个个验看玻璃容器说:"谁能说出那些水到哪儿去了呢?"学生们盯着教授,他们不明白这最后一堂课,学识渊博的教授为什么给他们做这个最简单的试验,这是他们在初中甚至在小学时都已经做过的试验,它太简单了,简单得简直让大家谁都懒得去回答。

教授看着那些不愿回答这个幼稚得有些可笑的问题的学生说:"水哪里去了?它们蒸发进空气里,流进蓝蓝的辽阔无边的天空里去了。"教授微微顿了一顿严肃地说:"你们可能都觉得这个试验太简单了,但是,它并不是一个简单的试验!"

教授瞅一眼那些迷惑不解的学生说:"水有三种状态,人生也有三种状态,水的状态是温度决定的,人生的状态也是自己心灵的温度决定的。假若一个人对生活和人生的温度是 0℃以下,那么这个

人的生活状态就会是冰，他的整个人生世界也就不过它的双脚站的地方那么大；假若一个人对生活和人生抱平常的心态，那么他就是一捬常态下的水，他能奔流进大河、大海，但他永远离不开大地；假若一个人对生活、人生是 100℃的炽热，那么他就会变成水蒸气，成为云朵，他将飞起来，他不仅拥有大地，还能拥有天空，他的世界将和宇宙一样大。"

教授微笑着望着他的学生们问："明白这堂最简单的试验课了吗？"

"不，这不是一堂简单的试验课！"他的学生们异口同声地说。

"让你们对人生、对生活的温度最少保持在 100℃，这样你们的人生世界才会最大。这就是我这堂试验课的最终试验结论。"教授微笑着说。

同学们实验室中响起了雷鸣般的掌声。同学们记住了这最后的一堂试验课，他们知道了心灵的温度将会决定一个人的生活和一生，有一些试验看似是简单的，但简单里却深深蕴含着丰富的人生哲理。

谁能忘记这堂最后的试验课呢？人生的课，人们会用一生去铭记。

等长的路

那年我 14 岁，第一次代表我们中学到县城参加 1500 米长跑竞赛。

竞赛在县城中心体育场进行，跑道是环形的柏油跑道，赛前抽签时我抽到的是最里边的第一跑道。我是深山里的孩子，在我们山野的中学竞赛时，我们的跑道都是笔直的，所以对于城里的跑道抽签我根本不懂得是怎么一回事儿，直到穿好运动鞋站在自己的跑道上时，看到自己远远站在其他选手后边时才大吃一惊。我想这实在是太不公平了，怎么能够这样竞赛呢？是不是那些裁判因为我是山里的孩子就对我另眼相看呢？看着一个一个次第远远站在我前面的选手，我的心里愤怒极了，我想走上前去对那些头戴太阳帽的裁判

提出质疑和抗议，但想到自己只不过是个山里的穷孩子，说不定惹恼了那些裁判麻烦会更大，所以我有些犹豫不决。

就在我还在迟疑的时候，清脆的发令枪声响起，站在我前面的十几个选手立刻如一群脱缰的野马一样飞奔起来。见我还在发愣，我那坐在观众席上的教练一下子吼起来："快跑！"

我立刻迈开大步，追着已经遥遥领先的那些前面的选手飞奔着跑起来。

很快，我超过了最后一个跑在我前面的选手，没两分钟，我又超过了一个。我的感觉好极了，没想到城里的选手这么不顶用啊，我稍稍增大步幅加快奔跑频率就超过了一个又一个，我顾不得分辨观众席上那一浪高过一浪的阵阵喝彩声和加油声，也顾不得抬头看我前面的选手，只是低着小脑袋，咬着牙，甩着骤雨一样的脚步拼命地向前冲刺。

最后我得了第二名。

当我的体育教练从观众席上欣喜万分地跑上来紧紧拥抱还在气喘吁吁的我时，我喘了一口气对他说："这次赛跑不公平，本来我是可以拿第一的。"

"不公平？怎么不公平？"我的体育教练愣了。

我又喘了一口气，愤愤不平跟他解释说："你没看到吗？起跑时他们都站在我的前面，我与他们都相差了那么远，这怎么算公平呢？"

教练说："那是因为你在最里边的第一跑道啊。"

我依旧愤愤不平地说："不管第几跑道，反正都是 1500 米，凭什么起跑时让我比他们都落后那么远呢？"教练一听，哈哈大笑起来，他指着跑道跟我解释说："跑道是环形的，最里面的距离最短，最外边的距离最长，所以起跑的时候不同跑道的选手位置就不同。"教练笑眯眯地对我说："你在最里边的第一跑道，如果你的起跑位置同别人一样，那才是对其他选手的不公平呢。"

我这才恍然大悟，不好意思地红着脸说："老师，我明白了。"

其实人生也是一种赛跑，不管你出生在城市或乡村，不管你的父亲是富翁还是穷人，也不管你的先天条件是优越还是落后，生与死的人生跑道是相同和等长的。不管你处在生活的哪一个位置，只要你勤奋、努力，只要你不甘人后，不停歇地拼搏和进取，你都能摘取到同样甘甜的成功果实。

上帝绝不会偏爱谁，每一个人的人生跑道都是等长的，幸运和成功只青睐那些奋起直追的勤奋者。不要在意我们自己在人生跑道上起跑前的位置。记住，我们每个人的生命跑道都是等长的，决定我们人生成败的，只是我们每个人自己跋涉的脚步和勤奋的程度。

归零

　　曾采访过一位长跑运动员，问他能在比赛中取得骄人成绩的秘诀是什么，他闭上眼略略思忖后说："是归零。"

　　归零？见我们不解，长跑运动员取出一台袖珍计算器说，不论你能用按键按出多大的数字，但要重新开始，你必须得首先归零。就像我们在环形体育场上，不论你过去得过多少次奖牌，也不管你的长跑纪录多么令人望尘莫及，但要重新角逐奖牌，你就必须站在起跑线上，归零，然后从零再次开始。也曾去采访过一位成功的企业家，再三向他追问他几十年稳持不败的法宝是什么，这个年过花甲的老人静静思忖了好久，才叹口气说："我给你讲一个故事吧！"

　　他说，那是他第一次坐上董事长兼总经理的位置，那时他二十来岁，十分年轻，可以说是风华正茂的时候。他踌躇满志，有一连串缤纷多彩的瑰丽梦想，加上父辈留下的亿万资产，他壮志满怀，认为这世界上没有他干不成功的事情。他父亲知道他的心思后，什么也不说，只在一张纸上给他画下一个大大的零，说："这是我要送你的。"他盯着那幅画想了几天，但怎么思索，也悟不透父亲那个零的意思。他向父亲讨教，父亲说："把我留给你的一切看成零，把你自己刚刚要开始的人生看作零，你发觉你现在有什么？"

他沉思了片刻，恍然大悟说："我什么也没有，我只有一个零。"认识到自己是零后，他顿然十分谨慎了，他知道自己的公司拥有万贯资产，但那是父亲留下的，对他自己则是不折不扣的零。他知道他家的这个公司声名远播，在海峡两岸都颇有声望，但他更知道，那一切辉煌都是属于父亲的，而对于他自己，也只是个零。

几十年来，不管自己曾经多么成功，也不管自己曾经多么失败，他都时时记得一切先归零。把成功归零，所以他不曾为成功骄奢过；把失败归零，所以他不曾因失败而气馁过。不骄奢、不气馁，他就这么一步一步坚实地走出自己的人生，终于用一块一块成功的砖，给自己筑起了一座成功的巨塔。

他现在很老了，但他仍然坚持自己的"归零"哲学，时时都觉得自己是在重新开始，所以他生活得很从容，也很稳健。他笑着说："对于明天，我们的一切都是零，所以事事都要从零开始！"

后来，偶尔在电视上听到一个美国航天科学家的谈话节目，面对发射塔上让全世界都瞩目的航天飞机，当记者问这位科学家对于呕心沥血研制，现在即将飞向宇宙的航天飞机，自己最想说的最后一句话是什么时，这位科学家沉思了半天，才泪光盈盈地抬起头说："归零！"归零？不仅许多电视观众，就连那位正在采访的女记者也愣了，直到那位科学家缓缓解释说："所谓归零，就是祈祷它从我们地球出发，遨游太空，完成在木星上的所有工作，然后平安地回到我们这个星球上来。"原来他的归零是祈祷一次伟大的圆满啊！

在目标远不止一个，旅程远不止一段儿的缤纷而漫长的人生中，我们曾经让自己的失败和成功、欢笑与泪水一次次及时归过零吗？让失败及时归零，那么你就不会有人生的雨雪阴影；让成功及时归零，那么你就不会有人生的自大和傲慢……

让人生中的所有事情及时归零，那么你便会拥有一个个圆满的结果，和一个个充满憧憬和希望的崭新开始！

只能陪你一程

一个年轻人整天游手好闲，他交了一大帮和他一样的朋友，他们在一块儿打牌，在一块儿喝酒，在一块儿整天地东游西逛。

年轻人的父母十分焦急，他们苦心婆心地劝这个年轻人说："你这样浑浑噩噩怎么行呢？你这样会把自己毁了的。"年轻人一点也不在乎地说："我这样怎么不行呢？吃喝生活由你们管，有小困难了会有那么多朋友帮助解决，我用得着那么劳心费神吗？"

父母和左邻右舍都对这个年轻人直摇头。

一天，年轻人的伯父从远方回来了，父母对年轻人的伯父说了年轻人的事情，伯父是个教授，他听了笑笑说："好吧，让我来试一试劝劝他。"在年轻人家里吃饭时，伯父千方百计地劝年轻人喝酒。

年轻人也仗着自己的酒量，伯父劝，他就喝，喝到半夜时，他已经露出醉态了。伯父见火候到了，就示意撤下酒去，然后向年轻人一家告辞，要回他下榻的旅馆去。

年轻人陪着父母把伯父送到了楼下，说罢客套话后，年轻人就要转身上楼去。这时伯父喊住年轻人说："孩子，你不送我一程吗？"年轻人想，伯父多年不回来，是该送伯父一程的，于是就陪着伯父一起走，但走了很久，走了很远的路，伯父并没有请年轻人转身回去的意思，眼看快要走到伯父下榻的旅馆了，伯父也没有请他止步。年轻人没办法，只好陪着伯父一直走到了那家旅馆前。伯父在就要跨进旅馆的时候像是突然想起了什么，不好意思地笑笑对年轻人说："让你送了我这么远，你回吧，我送送你。"年轻人推辞，伯父不容分说地送年轻人往回走。走了一程，年轻人说："伯父，你已经送我一程了，请您止步吧！"伯父说："你送了我那么远，我再陪你走一程吧！"年轻人无奈，只好让伯父陪自己走。

走了一程，年轻人又请伯父止步，可伯父固执地说："你从家里送我走到了旅馆，就让我从旅馆送你回到家里吧！"看着伯父固执的样子，年轻人没办法，只得让伯父陪他又走到他家的楼前。

到了楼前，伯父告辞又往旅馆走，年轻人想想，又回过头来送了伯父一程，眼看已经走得很远了，伯父还没有让他回去的意思，年轻人终于忍耐不住了，抱歉地对伯父说："伯父，我就送您到这里了，请您慢点走！"不料伯父却火了，冲年轻人吼道："你怎么不懂礼貌呢？我这老胳膊老腿的能从旅馆把你送回来，你年纪轻轻的难道就不能把我送回去？不行，你把我送到旅馆去，一会儿我再把你送回来！"

年轻人说："伯父，这样送来送去，难道咱俩今夜不休息了？送人嘛，只送一程就够了，哪有这样无休无止送来送去的？"

"只能送一程？"伯父说，"原来你懂得这个道理啊，那么我问你，你的父母还能陪你走多远？你的亲朋好友能在生活里陪你走多久？孩子，没人能陪你走过人生的全部路程的，有许多路，都需要你一个人自己走啊！"年轻人明白了伯父的苦心，十分惭愧地对伯父说："伯父，我明白了！"

是的，没有人会陪你走完你人生的全程的。你的父母只能陪你走过人生的一段，你的朋友也只能对你说："走好，我就送你这么远！"你的兄弟姐妹也会在成家后对你说："没办法，我只能陪你这一程了。"

人生的全程有许多是注定要一个人走完的，所以要记住，没有人是能让你一生一世去依靠的，一个人能永远依靠的只会是他自己。

谁都只能送你一程，许多的路是注定要让你一个人去走的。

人生的本真

　　和一群朋友徒步到深山里去踏青，原来并不知道路会是那么远、那么崎岖，我们从早上一直走到黄昏，个个气喘吁吁，个个饥肠辘辘，好不容易到达一个饭店时，大家马上一个一个东倒西歪地坐在饭桌旁，边贪婪地喝茶，边连声地招呼店主赶快做饭吃。

　　店里的一个小伙计听到招呼，就笑着拿出一本菜单来，站到我们面前请我们点菜，朋友们不耐烦地说："点什么点，都饿得肚皮贴脊梁了还点什么，有什么可口的饭赶快每人给端一大碗来！"小伙计狐疑地又拿着菜单进到厨房里去了。

　　我很惊讶，这群朋友原本都是些挑三拣四的人，平日在一块儿吃饭，吆五喝六的，这个点什么什么的菜，那个点如何如何的肴，一口一口优雅地品咂，常常不是嫌汤淡了，就是不满地埋怨味咸了，要么是说味不错，但色不够，要么又是说颜色搭配还可以，只是少了一味什么什么的调料，个个都口刁，像是一个一个的美食家，弄得几个我们常去饭店的经理见了我们都诚惶诚恐，饭店的小伙计见了我们都发怵。

我笑问一个平时最爱挑剔的朋友说："今天怎么如此容易伺候了？怎么不点你喜欢的那几道菜了？"朋友皱着眉说："都饿到了这个程度，填饱肚子是第一要事，哪还顾得上点什么花样的菜呀！"

啊，原来点菜是肚子并不怎么饿，是余饥时的一点点雅兴，原来那些五颜六色的菜肴并不是用来立刻充掉饥饿，而只不过是食饭者不慌不忙的小情趣，和解除饥饿并没有很大的关系啊！

生命不过只是需要它本真的那一点点东西，譬如饥饿时的一碗饭，寒冷时的一件棉衣，黑夜里的一盏灯，休息时的一张床，行走时的一双鞋……至于那一道又一道的菜肴，那衣服的款式、衣服上是否绣了花，鞋是布鞋还是名贵的皮鞋等，不过是生命中一些可有可无的点缀，并非是生命不可缺少的东西。

生命原来就是如此简单，那些锦衣玉食、华堂高屋、美人香车不过是生命的一种累赘，就像是蜗牛的壳，壳子越重的蜗牛，就越难以行走。

本真是一种力量，它可以让一颗心远行却不知道疲累，本真是一种轻盈，它可以让一个生命飞得很高却依旧轻松。去掉欲望，去

掉生命中许多不必要的东西，让我们的生命依旧本真。只捧着一颗清清净净的心生活和行走，这才是我们行远登高的唯一选择。

每天都有彩虹

　　一个年轻人每天经过一条街道上班时，都能看到一位满头白发的老人。老人坐在一个非常破旧的屋檐下，脸上绽满了满足和幸福的笑意。年轻人很不解，那个老人的衣着很一般，脸上也没有好生活滋养出来的油润光泽，一点也不像富贵家庭养尊处优的老人，而且那么老，一眼望去便能知道他的过去饱受沧桑。为什么这样的老人会有那么满足和幸福的神态呢？

　　有一天，心情郁闷的年轻人经过那个老人身边时禁不住停下了自己的脚步。他在老人身边蹲下来，小心翼翼地问老人说："老人家，您有一份退休金吗？"年轻人想，看上去这么满足的人，肯定会有一份不菲的退休金的。但老人笑笑说："退休金？我没有。"年轻

人想想，又附在老人的耳边说："那您肯定有一笔丰厚的积蓄了？"

"积蓄？"老人听了，又笑着摇摇头说，"我也没有。"

年轻人想了想又问老人说："那么您的子女一定生活得很不错，有自己的公司，或者身居要职吧？"

老人一听，又摇摇头说："他们什么也没有，都不过是平常的工人，靠劳动挣工资，靠工资养家糊口而已。"年轻人一听，就更加不解了，他问老人说："我每天从这里经过，见您都是很幸福、很满足的样子，老人家，您能告诉我这是为什么吗？"

老人说："我每天都在看天上的彩虹呀。"每一天？年轻人更疑惑了，彩虹一年也就那么三两次，怎么会每一天都有呢？见年轻人不解，老人笑笑说："我这一辈子，讨过饭，逃过荒，背井离乡十几年，曾经好多次死里逃生过，唉，真是没有少受过难，少吃过苦，人生的酸甜苦辣，老头儿我都尝遍了，人生的辛酸泪水，我也流尽了。"老人又笑笑说："可如今呢，我居有屋，食有粥，几个儿女虽说不才，却也每人都有一份自己的工作，都有一份自己的薪酬，小伙子，你说我能不感到满足和幸福吗？我能不每一天都看到彩虹吗？"

老人顿了顿，又感叹说："其实哪一天没有彩虹呢？只是没留过泪的眼睛看不见，只要流过泪，人每一天都是能看到彩虹的。"

年轻人一听，心里顿时一颤，是啊，哪一天没有彩虹呢？路上陌生人的一个微笑，朋友电话里的一声轻轻问候，同事们的一次紧紧的握手，回到家里，妻子一个温暖的拥抱，女儿或儿子一个小小的亲昵，出门时，父亲或母亲的一句浅浅的叮嘱……

哪一天没有彩虹呢？只是没流过泪水的眼睛和心灵不能轻易地看到。

每一天都有彩虹，只要我们能透过被泪水洗礼过的眼睛和心灵去看。

人生的夜色

在一次国际南极考察归来的欢庆酒会上，有人问考察归来的资深老专家说："你们在南极的最大生存挑战是冰川和寒冷吗？"

大家猜测，皑皑的冰川积雪和极度的寒冷一定会是考察队员们生存面临的最大挑战，因为到处都是厚厚的积雪和冰川，这很容易导致考察队员们患上严重的"雪盲"，寒冷更不必说了，它可以呵气成冰，使考察队员的皮肤甚至肌肉组织遭到难以想象的冻伤。但令大家意外的是，老专家却摇了摇头否定说："冰川和寒冷并不是我们南极考察队员的最大的挑战。"

那么什么才是他们在南极生存的最严酷挑战呢？望着大家充满疑惑的眼睛，老专家说："我们在南极的最大挑战是那里的极昼。"

　　怎么会是极昼呢？大家更加不解了。我们每天都在渴望阳光，在灿烂的阳光下，我们可以尽情地工作、休闲，可以做我们任何喜欢的事情，而夜晚呢，如果不是火和灯光，我们全都会是什么也看不见的盲人。我们谁不是在讴歌着阳光而又憎恶着黑夜呢？

　　能拥有大把大把的阳光怎么能算是一种坏事情呢？

　　老专家见大家不相信，微微一笑解释说："在南极每当极昼的时期，没有了黑夜也就没有了日期，我们连续几十天都生活在灿烂的阳光下，人的生物钟一下子就彻底紊乱了，你困顿、疲惫，但除了昏迷，你怎么也睡不着，因为习惯了在夜晚黑暗里睡觉的我们突然没有了夜色，你躺在帐篷里，但四周皑皑白雪和灿烂阳光交织折射出的亮度让你很难闭上眼睛，即便你能睡着几分钟，但那种强光很快就会把你的睡梦割裂。"老专家停顿了一下说："我可以告诉大家的是，自从世界上有了南极科考队以来，在南极遭遇雪崩和意外伤害的队员数目，远没有被极昼造成伤害的队员数目多，极昼可以让人筋疲力尽，让人精神焦躁、神经系统紊乱，让人在整个极昼期的南极大陆无藏身之地，而雪崩和其他意外伤害就很容易避免了。"

　　老专家又说："为平安度过极昼期，我们做了数百种尝试，包括加厚帐篷以提高帐篷内的阴暗度，甚至试验过在冰川和积雪下穴居，但结果都不理想。在极昼期，我们最大的渴望是，让我们平常歌唱的太阳快快落下去，而让那黑魅魅的夜色赶快来临吧！"

　　老专家说："在极昼期的南极，我们最渴望的就是那一抹夜色。"

渴望夜色？这是多么怪诞的一种渴望啊！我们总是在渴望幸福、渴望那明媚而灿烂的阳光，如果渴望夜色，难道不是在渴望一种生命的坎坷和不幸吗？但恰恰是，在拥有无尽阳光的南极白昼期，那么多人在虔诚地渴望着生命的那一抹夜色。

是的，阳光对我们很重要，而闪烁着星光的夜色对我们同样也必不可少，就像幸运或坎坷，对我们的人生都同样是弥足珍贵的。

只需变换一下位置

　　朋友家在一个十分简陋的居民楼里，大家焦头烂额忙碌着换房换环境的时候，朋友一直安之若素，丝毫没有因为在一个地方住得太久而满心烦闷的迹象。

　　我们向朋友讨教他家能安贫乐道在一个地方一住就是十多年的秘诀，朋友说："没什么秘诀，只需变换一下位置。"见我们不解，朋友解释说，每住一两年，我们就要调整一次家里东西的格局，比如，一直放在客厅前墙下的沙发，我们把它挪到后墙角去；放在客厅角落里的冰箱，我们把它调整到厨房中去；前墙的书法条幅，我们把它挂到左墙上去……

　　朋友说："家里的格局一调整，马上就有了新的情调，就像搬

进一处新居一样，新鲜感一持续就是几个月甚至半年，怎么会烦呢？"

朋友见大家感兴趣，继续传经说："譬如卧室吧，开始时，我们住到前边的卧室，而孩子住在后边的卧室，住上一两年，我们让孩子住到前边的卧室来，我们则挪到后边的卧室去，孩子在后边住得久了，往往看到的是斜阳余晖，是外边的田野和远处的村庄，把他挪到前边的卧室来，他推窗看到的是另一片风景：橙红的朝霞、院子里的风景树、楼下的草坪……而习惯看到这一切的我们，则推窗看落霞，卧床看田野，这一切，和乔迁新居有什么不同呢？你们为换环境，又是看房、选房，又是装修购置家具，忙得团团转，不过同我们一样，只是换一种新环境而已，而我家就简单多了，只需要换一个位置，但同样有新鲜感，同样有幸福，同样有温馨。"

是啊，幸福其实离我们并不远，只是我们的心把它看远了，就像逃离旧寓乔迁新居一样，我们精疲力竭地换来换去，不过是换掉屋内的老格调、窗外的旧风景，而朋友只是稍稍变换一下家具的位置，家里同样就有了格调，窗外有了新风景。

许多时候，成功和幸福只需我们交换一下自己的位置，或许，只需要我们轻轻转动一下自己的身子。

迎着阳光开一扇窗棂

　　朋友买了一套房子，地段不错，格局也十分合理，唯一遗憾的是光线不太明朗，几扇窗子都掩在附近几幢高楼的阴影里，晴天时还可以，一遇雨天或天气不好的日子，屋里的光线就十分差，就是白天对窗读书，也常常需要拧亮台灯。

　　朋友对此十分烦恼。

　　一天，他请一帮老同学到家里小酌，朋友们看了他的一个一个房间，都点头称"不错"。他说："格局不错，就是光线太差。"一位搞装潢设计的同学听了，在朋友的房间里仔细地看了又看，说："光线差是因为你留错了窗子。"

　　他不解。那位搞装潢的同学指点说："迎着阳光的地方你没留

窗子，没有阳光的地方你偏偏开了窗子，室内怎么能明朗呢？"过了几天，那位搞装潢的同学带了一帮人来，要帮朋友重新开几扇窗子，朋友和他的家人担心地说："方位不对，怎么能开窗呢？"

那位同学笑笑说："什么方位不对？你要想让室内光线明朗，就别管什么方位，迎着阳光开窗就行了。"同学在墙上重新设计了几个开窗的位置，有几扇是迎着早上太阳的，有几扇是迎着上午太阳的，还有几扇是迎着傍晚斜阳的，设计好后，同学就指挥装修工人丁丁当当打墙，只半天的工夫，就在原来没窗的墙上打开了十几扇窗子，室内的光线一下子就明朗起来了。朋友很兴奋，邀我到他家去小坐，指着东墙上新开的窗子说，清晨太阳一跃出地平线，那明媚的光线一下子就穿过东墙上的窗子射进屋里来，照在床上、书桌上，甚至洒在睡梦中家人安详的脸上；中午和下午时，太阳从西南的几扇窗子斜射进来，照在室内的墙上和地板上；到了傍晚，一抹夕阳从向西的窗子飞进来，把屋子里涂得金碧辉煌。就是在雨天，屋子里的光线也不差，可以临窗看无边无际的雨幕，也可以临窗看迷蒙的远山。朋友感叹说："没想到只是开了几扇窗子，屋里原本的沉郁生活，一下子就变得充满诗情画意，阳光明媚了起来。"看着朋友感慨不已的样子，我想，如果我们能迎着阳光在我们的心中开几扇心窗，那将会怎样呢？

可能因为开错了窗棂，我们只看到了生活的沉重和生命的阴郁；可能因为开错了窗棂，我们只看到了岁月的阴影和社会的阴云；

可能因为开错了窗棂，洒进我们心中的只是尘世的炎凉和命运的孤寂……

但如果能迎着阳光给我们的心灵打开一扇窗子，那么，温暖的阳光会洒进来，和煦的微风会拂进来，轻柔的月光和星光会飘进来，生活和生命是明媚而温暖的，这个世界是缤纷而七彩的……

不要埋怨世界，也不要叹息命运，许多时候，只是因为我们心的窗棂开错了地方，如果我们能迎着太阳给自己开一扇新窗，那么快乐和幸福便会洒进你的心灵中来，那么你将看到生活和命运如诗如画的温馨风景。

幸福，只需要我们给自己的心灵迎着阳光开一扇窗棂。

看轻自己

在中世纪的欧洲，一个年轻人总是渴望着能让自己飞起来，梦想着自己能像轻盈的云朵一样，在湛蓝的天空中自由地飘游，能像鸟儿一样，在森林和大海上随意地翱翔。

他有自己的热气球，他有自己的农庄和别墅，他拥有许多人不敢奢望的财富和生活，每当天气晴朗时，他带着他的热气球，站在高高的山顶上，看着鹰们箭一般从绿色的丛林中飞起来，然后自由自在地在蓝天上盘旋着，和一朵朵的白云追逐着，这时，他撑开自己的热气球，把那些纤绳拉起来，在他就要点燃他的热气灶时，他往往会犹豫，他明白，如果他的热气球载着他飞起来，生和死两种结果就会马上摆在自己的面前，如果能顺利起飞，又能平平安安着陆的话，那么自己的生命仍将继续，醇美的鸡尾酒，醇香的咖啡，还有浪漫的温馨爱情，以及别墅前那如诗如画的美好生活仍将继续，如果自己一旦和许多失败的飞行者一样遭遇不测的话，那么，谁能经营好他的那一片农庄呢？谁能给他那心爱的姑娘以爱情的浪漫和幸福呢？谁又能在黄昏时分临窗给夕阳的余晖弹奏出那一首首流畅而清越的钢琴曲呢……

　　记不清多少次了，他总是在这样的犹豫中缩回自己点燃热气灶的手，然后满怀沮丧地带着热气球下山了。

　　但是，乘热气球飞翔毕竟是自己梦寐以求的最大梦想啊！他想了又想，决定去见几百里外那个闻名遐迩的热气球飞行家。

　　飞行家十分热情地接待了他，侧着头听了他的叙说后，飞行家思忖了一会儿问他说："小伙子，你知道金块和羽毛哪个能飞行得更高更远吗？"年轻人说，当然是羽毛了，飞行家笑了笑问："为什么？"

　　这是个再简单不过的问题了，年轻人说："因为金块比羽毛重啊，太重的金块如何能飞过轻盈的羽毛呢？"

　　飞行家笑了，他对年轻人说，金块太重，所以它飞翔不起来，而羽毛很轻，所以一缕徐徐的微风都足以使它高高地飞起来，小伙子，人也一样呀！如果你太看重自己，那么你就会成为金块，即便你有世界上最大最优良的热气球，那你也不可能飞起来，如果你能把自己的荣誉、地位、生命看轻些，那么就可能成为羽毛，即便是一个

简单的热气球，即便是一股淡淡的微气流，也足可以让你像鹰一样飞起来啊！飞行家看了看那个年轻人，认真地叮咛说："放轻自己，别把自己看得太重，别把自己变成金块，要想飞起来，必须把自己看成羽毛，这是每个成功飞行者的共同秘诀！"

看轻自己，就是给自己插上飞翔的翅膀，在更远更高的人生天空中自由地翱翔。

简单的心

哲人把一个小孩、一个物理学家、一个数学家同时请到一个密闭的房间里，在黑暗的房间里，哲人对他们说："请你们分别用最廉价又能使自己快乐的方法，看谁能最快地把这个房间装满东西。"

哲人吩咐后，物理学家就马上伏在桌上开始画这个房间的结构图，然后埋头分析这个季节里哪里是光线照射最佳的方位，在哪堵墙哪个位置开一扇窗最合适，草图画了一大堆，绞尽脑汁的物理学家还是被不能确定在哪堵墙上开一扇窗而深深苦恼着。而数学家在听到吩咐后，立即找来了卷尺开始丈量墙的长度和高度，然后伏案计算这间房的体积，又在苦苦思索能用什么最廉价的东西恰到好处地把这个房间迅速填满。

　　只有那个小孩不慌不忙，他找来一根蜡烛，然后从口袋里掏出一根火柴，"哧"地划着燃亮了蜡烛，昏暗的房间一下子就亮了。在物理学家和数学家还皱着眉头设计着自己的种种方案时，小孩已经欢快地在屋子里围着摇曳的烛光幸福地跳舞和歌唱了。

　　物理学家和数学家看着盛满烛光的小屋，看着那个不费吹灰之力就简简单单获胜的小男孩不禁面面相觑。

　　哲人问物理学家和数学家说："你们难道没听说过用烛光盛屋这个古老的民间故事吗？"物理学家和数学家说："我们知道这个故事，可我们是物理学家和数学家，怎么会用这么简单获胜和获取幸福的方法呢？"

　　哲学家叹口气说："假若你们还是孩子，你们也一定会用这个方法的，但因为你们成了大名鼎鼎的物理学家和数学家，马上就能获取的快乐和幸福却被你们套上了一堆堆的图纸和公式，简单的心一旦复杂起来，欢乐和幸福就离你们越来越远了。"

　　是啊，许多幸福原本就是很简单的，譬如在口渴的时候遇到了一潭泉水，譬如在寒冷的时候找到了一缕温暖的阳光，但如果我们的心灵不再简单，你要计算找到泉水需要多远，你要细算等到阳光需要多久……而幸福距你就越来越远了。

　　其实幸福距你很近，只要你的心灵不复杂。

　　其实得到幸福很容易，只需要你有一颗简单的心。

路，在没路的地方

有个喜爱摄影的朋友，他镜头下的摄影作品总是那么与众不同，他的视角总是那么令人击节称奇。面对他的一沓沓获奖证书和一尊尊艺术摄影大赛的奖杯，作为他的朋友，我们讨论过好多次。

有人说，是他的相机好。有人说，是他的艺术功力深。也有人说，是他的运气好，那些著名的风景名胜区，还不整天都是游人如织？但有的人运气不好，要么去晚了，或者是去早了，总之与自己所需要的景物总是失之交臂，就像登泰山看日出，有的人去了，但偏偏赶上了阴雨天；有的人去了，却恰恰遇上了大雾天。但我们这位朋友总是运气好，他要拍摄蓝天，就有片片白云；他要拍摄秋色，就有树树红叶……

我们羡慕地说："拍摄照片，你相机好，运气也好，所以你的摄影作品好。"他听了，先是一愣，然后哈哈大笑："拍摄作品，跟运气有什么关系呢？"他神秘一笑："下次外出拍摄，我带你们一块儿去。"

不久，我们果然就有了一次共同外出游历的机会。在那里，我们一群人生怕错过了一个风景点，七嘴八舌地纷纷向导游询问如何才能平安、快捷、全方位地游览每一个风景点。但那位搞摄影的朋友却对这一切漠不关心，根本不怎么理睬导游，只是和一群坐在景区山脚下的本地山民套近乎，和他们兴致勃勃地谈笑，对着巍峨起伏的大山指指画画，当我们前呼后拥地跟着景区的导游就要登山时，他笑着跑过来了，高兴地举着一张画满点点线线的纸说："想拍摄最美照片的可以跟我走！"

我们都诧异地说："怎么能跟你走？那些最美的地方不是一个一个的风景点吗？不去风景点，哪里才能拍摄到最美的风光照片呢？"

他笑了笑说："大家都去的地方，哪能拍出与众不同的照片呢？最好的风景，就在那些人迹罕至处啊！"有人低声嘀咕着问他："你要去的地方有路吗？"

"路？"他朗声大笑说，"有路的地方我从来不去！"

"你要去的地方危险吗？"又有人嘀咕着问他说。他笑了笑说："当然危险了，不危险怎么能有出人意料的风景呢？"大家都不说

140

话了，只是静静地望着他。他仿佛突然想起一件什么事情来，迈步走到我的面前，然后把挂在他脖子上的数码相机取下来挂到我的脖子上，把我那台老掉牙的相机挂到他的胸前，挥了挥手说："朋友们，看我们谁能拍摄到最美的作品！"然后就一个人攀巨石，劈荆棘，离开我们和导游走了。

两天后，在景区山脚下的宾馆里，当我们每个人都亮出自己的摄影作品时，我们都被他作品中的那种峻奇、壮美和恢宏惊呆了，连这个景区的所有导游和经理都难以置信：自己的景区难道还有如此秀美的风光？

在大家的一片惊奇和啧啧称赞里，朋友轻描淡写地说："熟悉的地方没景色，最美的风景，往往都在路远远不能抵达的地方。"

我听了，心里豁然一亮，是啊，熟悉的地方没景色，在人生的旅游图上，有多少人是敢于跳出人生的固定路线而给自己的人生另辟蹊径的？我们都是循着前人的脚印走，看前人欣赏过的一个个人生景色，如何能让自己的生命活出与众不同的况味呢？

要使我们人生拥有与众不同的风景，就必须让自己的生命走一条与众不同的旅程。人生常常是这样：只有不甘于寂寞的生活，才有非同凡响的人生！

有缺陷的种子

15 岁的那年深秋，父亲让我乘车到县城去购麦种。下了车后，按照父亲指点的，我很快就找到了种子交易市场。

在市场街口，我进了几家种子门市，门市的地上和货柜上，摆满了塑料盆盛着的麦种样品，我边和店主说话，边蹲下身子一一观察一盆一盆的麦种样品。那些麦种看起来真的很好，一粒粒饱满、肥大，捧到手里，沉甸甸的、亮闪闪的，就像一粒一粒的珍珠，几次在店主巧舌如簧的游说下，我差不多就要掏钱购种了，但想起父亲的叮嘱，我最终还是把捧在手里的麦种依依不舍地又放进了样品盆中。

父亲说种子公司的国营门店里有上好的麦种，有省城来的农业教授亲自在那里出售麦种，他再三叮嘱我一定要到种子公司的门店去，一定要买那个农业教授培育出来的小麦一代杂交新品种。我一路打听着终于找到种子公司的门店，见到了那个戴着深度近视镜的教授和他培育出来的一代杂交新麦种，不过我失望极了。我的失望不是对教授，而是对教授培育出来的新麦种。那些麦种个头大小不一，显得十分参差，并且那些麦种也不饱满，一粒一粒瘪瘪的、瘦瘦的，像一把一把细细的、小小的麻雀舌苔，还一个一个灰头土脸的，几乎没什么光泽，远不如前面那些个体种店出售的麦种，甚至同我家里收回来的麦粒也不能同日而语。我抓了一把捧在手掌里细细看了足足有三分钟，才怀疑地问站在一旁的教授说："这真的是您培育出来的一代杂交新品种？"教授笑着点点头说："是的。"

我怀疑地问他说："怎么成色这么差呢？"

教授解释说："一代杂交的新品种都这样，种几茬成色就会越来越好了。"我一点也不相信他的解释，母种都这样，还能结出什么样的好麦子来？我断定教授一定是骗人的，只不过是打着教授的幌子想靠出售麦种捞上一笔钱而已，这样的麦粒只配喂鸡，哪里配得上做麦种呢？

于是，我果断地离开了种子公司的门店，到街上的个体种子店里买了几十斤颗粒饱满、个个通体金亮的麦种。

麦种带回家后，我向父亲讲了我的推测，父亲也没说什么，很快就把种子播进地里去了。直到第二年收麦时我和父亲才惊讶地发

现，我们家那些颗粒饱满的麦种长出的麦子并不好，麦粒又细又烂不说，产量也很低，而村里几家买教授培育出来的麦种的人，他们的麦子穗长、粒实、颗粒饱满、金亮，产量高出我家好几倍。

后来我请教一位搞农业育种的专家，专家一听就笑了，他说，那些一代杂交的种子确实看上去不起眼，瘦小，亮度也差，可它们毕竟是一代杂交的呀，它们种一年就变得饱满些，再种一年，就更加饱满了，它们在一年年克服着缺陷，在拼命趋向饱满和完美。而那些看上去饱满、金亮、完美无缺的种子，它已经完美到尽头了，没路再向上走了，所以只有一年年退化，只有一年年向缺陷发展，最后被彻底淘汰掉，永远退出土地和田园。

原来，在有些时候，完美也是一种缺陷啊，一幅画得太满的没有留白的画，不能给人以想象的空间；一片蓝得没有一丝白云的天空，不能给人以云舒云卷的心灵悠然；一张洁白得没有一个墨迹的纸笺，不能给人以诗情画意的美蕴……

完美是一种无法弥补的缺陷，过于完美的人生，恰恰是有缺陷的人生。

冷却成功

镇子上有两个铁匠炉，一个在镇南，一个在镇北。两个铁匠手艺都不错，打出的锄头、镰刀钢火好，掘地和割麦嚓嚓地快。

但镇南张铁匠的生意要明显比镇北刘铁匠的红火，等待淬镰修锄的人一群一群的，那铁匠炉里，炉火熊熊，映烤得墙壁都是火红的，丁丁当当的铁锤声整日不绝于耳，像是一种兴奋，更像是一种炫耀。尤其是门口那堆新淬出来的铁器，一会儿丁零当啷扔出一件来，转眼工夫，就又丁零当啷扔出一件来，终日里门口堆得高高的，老乡们谁提来了废旧锄头、废旧镰刀，就蹲在门口等着，只需要两袋烟工夫，只听里边风箱拉得呼呼地响，丁当的锤声骤雨般地密响，三两股浓浓的泛着生铁味的烟雾冒过后，一件锃亮如新闪着钢蓝的

145

铁器就淬好了。

而镇北刘铁匠的生意虽说也挺忙，但做出的铁器活儿却要少得多，一件需要重新淬钢火的废旧镰刀，在镇南张铁匠的铁匠铺子里，顶多一刻钟就做好了，如果放在他那里，至少需要等上半天的时间。

没两年，镇南的张铁匠就富起来了，而镇北的刘铁匠还只是能勉强吃饱肚子。刘铁匠想来想去，怎么也搞不明白，自己和张铁匠一样卖力气，甚至很多时候，自己都比张铁匠起得早睡得晚，怎么张铁匠这么快就富了，而自己现在还生活得捉襟见肘呢？

于是，他去见镇南的张铁匠。

张铁匠听了，递给他一把废旧镰刀头说："你把这把镰刀重新淬淬火让我瞧瞧。"刘铁匠于是甩开膀子呼呼拉起风箱，待镰刀在熊熊的炉火中红透后，便夹出来，放在铁砧上丁丁当当地锤打，锤打一阵，他将半成品的镰刀放在地上冷却，待冷却后，才又细细找出那些没打到的缺陷处，重新扔进炉火里烧。如是几次，镰刀终于重新淬成了，幽幽地蓝，尤其是那雪白的镰刀，手指一弹当啷作响，砍瓜削菜锋利无比。张铁匠把一支烟递给刘铁匠说："老哥刚才打这把镰刀，用了四支烟的工夫，看我用四支烟的工夫能淬出几把镰刀吧。"说着，捡了十几把废旧镰刀扔进焰火熊熊的炉子里，不一会儿，一把镰刀红透了，张铁匠把它夹出来丁丁当当地锤打，锤打一阵后，呼地丢进旁边的一个水槽里，立刻腾起一阵白雾，眨眼工夫，那镰刀就冷却了，张铁匠顺手把它从槽中夹出来，观察了一下锤子没打到的地方后，便又扬手把它放进了熊熊的火炉里，然后又夹起另一把待修的镰刀头……

刘铁匠四支烟还没抽完，张铁匠已经打好了十几把新镰刀，张铁匠说："知道你打了一把镰刀的工夫，我为什么能打出十几把镰刀吗？就是因为那一只水槽。你打完一把镰刀，要慢慢等它自然冷却后才去瞧它没被打到的地方，然后才去重新修整它，而我打完第一遍后，把它丢进水槽里眨眼的工夫它就冷却了。然后很快又把它丢回到炉子里，就这样很快冷却，使我一年几乎干完了你需要十年才能做完的活计呢。成了，就马上冷却它，然后腾出手去淬下一个，这样你才能在丁丁当当中富起来。"

冷却成功，这话说得多好！其实我们许多人何尝不是那个紧抱着一次成功久久不放的刘铁匠呢？取得了一个小成功，我们就往往沉醉不已，以至于好久都深陷在这一次小成功里不能自拔，于是我们被一次偶然的小成功麻醉了，让许多时光和许多同时光一样珍贵的机遇从我们的身边溜走了，使我们丧失了把成功的小石块垒成成功的城堡和巨碑的时间和机会。

所以有位哲人说，伟大者和平凡者的区别就在于：伟人善于用一粒粒成功的沙子去构筑城堡，而平凡者却总是因为一粒沙石而长醉不醒。

和自己的心灵对话

那时他刚刚参加工作，场领导决定让他和其余五个年轻人去森林深处做护林员。他愉快地背着行李进驻到了莽莽原始森林的深处。

那是怎样原始而远离尘世的森林啊！每一棵树都生长了几百年，林间的落叶堆积得厚厚的，弥漫着一缕缕远古的腐殖质的腥臭，许多粗大的树干上都生满了斑斑驳驳的青苔，那些草鹿和狼等动物还没有见识过人，它们对他一点也不惊慌，只是好奇地远远望着他。他们每一个人看护的林地有方圆三十多公里那么大，林区没有一家人家，也没有一条路，到这里生活，自己像突然被抛弃到了世界尽头，同一棵棵参天的古树一样，自己从现代社会里被剥离出来，一下子成了原始人。

临走之前，熟悉的人对他说，到原始森林里去生活，最重要的是要时常记住自己和自己说话，要不，三年五年过去，一个人就连话也不会说了，他听了，心里感到很好笑，一个说了二十多年话的人，怎么会突然不会说话了呢？但刚到这原始森林里生活了半月，他就明白了，人们告诫他的并不是骇人听闻，因为这里远离尘世，没有人和他说话，来了半月，除了自己面对莽莽林野吼过几首歌，自己连半句话也没有说过。如果这样下去，有一天，自己肯定会变成一个不会说话的哑巴的。他害怕了。于是，他开始尝试着同自己说话。

他对着自己的影子说："你好！"

他对着大树滔滔不绝地说话，对着林间啁啾的小鸟说话，对林地里的小草和野花说话，对汩汩流淌的小溪说话。夜里，躺在窝棚里，他一个人对着自己的心灵说话，开始的时候，任他怎么说，自己的心灵只是那么默默地倾听，一句话也不说，一点反应都没有，过了一段时间，他发觉心灵会同自己对话了，就像一个耐心的朋友，有时他说话，他的心灵在倾听，有时，他的心灵在说话，他的耳朵在倾听。

两年多后，他和其他四个护林员回到林场里，他惊讶地发现，除了自己，其他四个人已经不会说话了。别人同他们说话，他们只是沉默地瞪着眼睛听，然后不声不响地转身走了，成了并不残疾的哑巴。但他却不同，他不仅话语流畅，而且每句话都清新而充满哲思，后来他用笔把自己的话记录下来，成为字字珠玑的灵性散文，频频

发表在报纸杂志上，他成了一位小有名气的作家。

人们很奇怪，同在大森林形影相吊的孤独生活，那些人成了哑巴，而他却成了一位充满哲思的作家，人们问他为什么，他笑笑说："因为我常常和自己的心灵对话，而他们却没有。"

是啊，哪一位伟人不是常常和自己的心灵对话呢？只有和自己的心灵对话，你才能够听到自己内心深处的声音；只有和自己的心灵对话，你才能够听到生命和灵魂的声音；只有和自己的心灵对话，你才能够常常自省，才能听见自己渐渐走近成功的声音。

风中的木桶

一个黑人小孩在他父亲的葡萄酒厂看守橡木桶。每天早上，他用抹布将一个个木桶擦拭干净，然后将木桶一排排整齐地排列好。令他生气的是夜里那些淘气的风，往往一夜之间就把他排列整齐的木桶吹得东倒西歪、七零八落。

男孩很生气，就在一个个木桶上用蜡笔给风写信说："请不要吹翻我的木桶。"小男孩的父亲见了，微笑着问小男孩说："风能读懂你的请求吗？"

小男孩说："我不知道，但我对风没有办法。"

第二天早上起来，小男孩跑到放桶的地方一看，可恶的风根本没理睬自己的请求，还是依旧把他的木桶吹得东倒西歪。小男孩很

委屈地哭了。男孩的父亲摩挲着男孩的头顶说："孩子，别伤心，我们可能对风没有什么办法，但我们却可以对自己有办法，我们可以拿自己的办法去征服那些风。"

于是，小男孩擦干了眼泪坐在木桶边想啊想啊，想了半天，他终于想出了一个办法来，他去井上挑来一桶一桶的清水，然后把它们倒进那些空空的橡木桶里，然后他就忐忑不安地回家睡觉了。

第二天，天刚蒙蒙亮，小男孩就匆匆爬了起来，他跑到放桶的地方一看，那些橡木桶一个个排列得整整齐齐，没有一个被风吹倒的，也没有一个被风吹歪的。小男孩高兴地笑了，他对父亲说："要想木桶不被风吹倒，我们对风没办法，但我们可以对自己、对木桶有办法，办法很简单，那就是加重木桶自己的重量。"

小男孩的父亲赞许地微笑了。

是的，我们可能改变不了风，改变不了这个世界和社会上的许多东西，但是我们可以改变自己，改变我们自身的重量和我们自己心灵的重量，这样我们就可以稳稳地站在这个世界上，不去被风或其他什么吹倒和打翻。

给自我加重，这是一个人不被打翻的唯一方法。

第 四 辑

一掩卷，事事闪烁禅意的幽光

涧谷把自己放低，才能得到一脉溪水；把自
己放得最低的陆地，才能成为世界上最深的
海洋。人，只有把自己放低，才能吸纳别人
的智慧和经验，地低成海，人低成王。

生命的灯

一个漆黑的夜晚，一个远行寻佛的苦行僧走到一个荒僻的村落中。漆黑的街道上，络绎的村民在默默地你来我往。

苦行僧转过一条巷道，他看见有一团昏黄的灯光正从巷道的深处静静地亮过来，身旁的一位村民说："孙瞎子过来了。""瞎子？"苦行僧愣了，他问身旁的一位村民说："那挑着灯笼的真是一位盲人吗？"

"他真是一位盲人。"那人肯定地告诉他。

苦行僧百思不得其解，一个双目失明的盲人，他没有白天和黑夜的一丝概念，他看不到鸟语花香，看不到高山流水，他看不到柳绿桃红的世界万物，他甚至不知道灯光是什么样子的，他挑一盏灯笼岂不令人迷惘和可笑？

那灯笼渐渐近了，昏黄的灯光渐渐从深巷移游到了僧人的芒鞋上。百思不得其解的僧人问："敢问施主真的是一位盲者吗？"那挑灯笼的盲人告诉他："是的，从踏进这个世界，我就一直双眼混沌。"

僧人问："既然你什么也看不见，那你为何挑一盏灯笼呢？"盲者说："现在是黑夜吧？我听说在黑夜里没有灯光的映照，那么满世界的人都和我一样是盲人，所以我就点燃了一盏灯笼。"

僧人若有所悟地说："原来您是为别人照明了？"那盲人却说："不，我是为自己！"

为你自己？僧人又愣了。

盲者缓缓问僧人说："你是否因为夜色漆黑而被其他行人碰撞过。"僧人说："是的，就在刚才，还被两个人不留心碰撞过。"盲人听了，就得意地说："但我就没有，虽说我是盲人，我什么也看不见，但我挑了这盏灯笼，既为别人照亮了，也更让别人看到了我自己，这样，他们就不会因为看不见而碰撞我了。"

苦行僧听了，顿有所悟，他仰天长叹说，我天涯海角奔波着找佛，没有想到佛就在我的身边哦，人的佛性就像一盏灯，只要我点亮了，即使我看不见佛，但佛却会看到我自己。

是的，点亮属于自己的那一盏生命之灯，既照亮了别人，更照亮了你自己，只有先照亮别人，才能够照亮我们自己。为别人点燃

我们自己的灯吧，这样，在生活的夜色里，我们才能寻找到自己的平安和灿烂！

只有为别人点燃一盏灯，才能照亮我们自己。

自己的观音

一位风雨飘摇一世的苦行僧，苍老得再也没有一点力气跋涉奔波的时候，便用自己化缘的钱修了一座小庙栖身。

庙舍修好了，苦行僧便找来一个泥塑匠为庙里菩萨塑像。泥塑匠一生为几百个寺庙塑过栩栩如生的菩萨，菩萨大慈大悲的端庄模样对他来说早已烂熟于心，他调好泥，很快就依照心中的菩萨形象塑起来，很快就塑好了，泥塑匠对自己的这尊菩萨塑像十分满意，这是他一生雕塑得最出色的一尊塑像。完工后，他立刻请苦行僧对塑像作出评价，满以为苦行僧看了会十分满意的，但苦行僧看罢，却摇摇头说："这根本不是我的菩萨。"

泥塑匠很惊讶："天下的观音菩萨难道不是一模一样的吗？寺

主为什么有自己的菩萨？"苦行僧听了，只是摇头不语，对泥塑匠说：
"来，我怎么说你就怎么塑吧。"

没办法，泥塑匠只好重新调泥，然后苦行僧怎么说，他就怎么塑。
泥像终于塑好了，苦行僧很满意，而泥塑匠一看，就禁不住哑然苦笑：
"这哪里还是观音菩萨呢？腰佝偻得那么弯，脸沧桑得那么老，自
己走南闯北，见过成千上万尊观音菩萨，哪里见过这样的菩萨呢？"

泥塑匠苦笑着摇摇头，当他转过身来看见苦行僧时，不禁愣了，
那尊观音塑像怎么和苦行僧一模一样呢？

泥塑匠觉得苦行僧太可笑了，一个僧人怎么能随随便便把自己
供为观音菩萨呢？泥塑匠讥笑说："我走南闯北，一辈子朝拜过多
少古刹名寺，见识过多少得道的高僧，可还从未见过有谁敢像寺主
这样自己把自己供为菩萨的！"

苦行僧听了，淡然一笑说："我托钵云游天下，一辈子见庙叩
拜见佛焚香，可每遇大灾大难时，没有谁来救助过我，帮我化险为
夷遇难成祥的，"苦行僧指指自己的雕像说，"只是他了，难道他
不是我的观音菩萨吗？"

"求人不如求己，自己才是自己的观音菩萨啊！"苦行僧朝自
己的塑像拜了一拜说。

自己才是自己的菩萨！怎么不是呢？

净叶不沉

一个年轻人千里迢迢找到燃灯寺的释济大师说："我只是读书耕作，从来不传不闻流言蜚语，不招惹是非，可不知为什么，总是有人用恶言诽谤我，用蜚语诋毁我，如今，我实在有些受不住了，想遁入空门削发为僧以避红尘，请大师您千万收留我！"

释济大师静静听他说完，莞然一笑说："施主何必心急，同老衲到院中捡一片净叶你就可知自己的未来了。"释济带年轻人走到禅寺中殿旁一条穿寺而过的小溪边，顺手从菩提树上摘下一枚菩提叶，又吩咐一个小和尚说："去取一桶一瓢来。"小和尚很快就提来了一个木桶一个葫芦瓢交给了释济大师。大师手拈树叶对年轻人说："施主不惹是非，远离红尘，就像我手中的这一净叶。"说着

将那一枚叶子丢进桶中，又指着那桶说："可如今施主惨遭诽谤、诋毁深陷尘世苦井，是否就如这枚净叶深陷桶底呢？"年轻人叹口气，点点头说："我就是桶底的这枚树叶呀。"

释济大师将水桶放到溪边的一块岩石上，弯腰从溪里舀起一瓢水说："这是对施主的一句诽谤，企图打沉你。"说着就"哗"的一声将那瓢水兜头浇到桶中的树叶上，树叶激烈地在桶中荡了又荡，便静静地漂在了水面上。释济大师又弯腰舀起一瓢水说："这是庸人对你的一句恶语诽谤，还是企图打沉你，但施主请看这又会怎样呢？"说着又哗地倒下一瓢水兜头浇到桶中的树叶上，但树叶晃了晃，还是漂在了桶中的水面上。年轻人看了看桶里的水，又看了看水面上浮着的那枚树叶说："树叶秋毫无损，只是桶里的水深了，而树叶随水位离桶口越来越近了。"释济大师听了，微笑着点点头，又舀起一瓢瓢的水浇到树叶上，说："流言是无法击沉一枚净叶的，净叶抖掉浇在它身上的一句句蜚语、一句句诽谤，净叶不仅未沉入水底，却反而随着诽谤和蜚语的增多而使自己渐渐漂升，一步一步远离了渊底了。"释济大师边说边往桶中倒水，桶里的水不知不觉就满了，那枚菩提树叶也终于浮到了桶面上，翠绿的叶子，像一叶小舟，在水面上轻轻地荡漾着、晃动着。

释济大师望着树叶感叹说："再有一些蜚语和诽谤就更妙了。"年轻人听了，不解地望着释济大师说："大师为何如此说呢？"释济笑了笑又舀起两瓢水哗哗浇到桶中的树叶上，桶水四溢，把那片树叶也溢了出来，漂到桶下的溪流里，然后就随着溪水悠悠地漂走了。释济大师说："太多的流言蜚语终于帮这枚净叶跳出了陷阱，并让这枚树叶漂向远方的大河、大江、大海，使它拥有更广阔的世界了。"

年轻人幕然明白了，高兴地对释济大师说："大师，我明白了，一枚净叶是永远不会沉入水底的，流言蜚语，诽谤和诋毁，只能把纯净的心灵淘洗得更加纯净。"释济大师欣慰地笑了。

净叶不沉，纯净的心灵又有什么能被击沉呢？即使把它埋入污泥深掩的塘底，它也会绽出一朵更美更洁的莲花。

沙漠之路

在一片茫茫沙漠的两边，有两个村庄。要到达对面村庄，如果绕过沙漠走，至少需要马不停蹄地走上二十多天；如果横穿沙漠，那么只需要三天就能抵达。但横穿沙漠实在太危险了，许多人试图横穿却无一生还。

有一天，一位智者经过这里，让村里人找来了几万株胡杨树苗，每半里一棵，从这个村庄，一直栽到沙漠那边的那个村庄。智者告诉大家说："如果这些胡杨有幸成活了，你们可以沿着胡杨树来来往往；如果没有成活，那么每一个行者经过时，都将枯树苗拔一拔，插一插，以免被流沙给湮没了。"

结果，这些胡杨树苗栽进沙漠后，全都被烈日给烤死了，成了路标。

沿着"路标"，这条路大家平平安安地走了几十年。

有一年夏天，村里来了一个僧人，他坚持要一个人到对面的村庄化缘去。大家告诉他说："你经过沙漠之路的时候，遇到要倒的路标一定要向下再插深些，遇到就要被湮没的路标，一定要将它向上拔一拔。"

僧人点头答应了，然后就带了一皮袋的水和一些干粮上路了，他走啊走啊，走得两腿酸困浑身乏力，一双芒鞋很快就被磨穿了，但眼前依旧是茫茫黄沙。遇到一些就要被沙尘彻底湮没的路标，这个僧人想："反正我就走这一次，湮没就湮没吧。"他没有伸出手去将这些路标向上拔一拔。遇到一些被风暴卷得摇摇欲倒的路标，这个僧人也没有伸出手去将这些路标向下插一插。

但就在僧人走到沙漠深处时，静谧的沙漠突然飞沙走石，许多路标被湮没在厚厚的流沙里，许多路标被风暴卷走了，没有了影踪。僧人像没头的苍蝇似的东奔西走，再也走不出这大沙漠了。在气息奄奄的那一刻，僧人十分懊悔：如果自己能按照大家叮嘱的那样做，那么即使没有了进路，还可以拥有一条平平安安的退路啊！

是的，给别人留路，其实就是给我们自己留路。

把自己放低

　　一个满心失望的年轻人千里迢迢来到法门寺，对住持释圆和尚说："我一心一意要学丹青，但至今没有找到一个能令我心满意足的老师。"

　　释圆笑笑问："你走南闯北了十几年，真的没能找到一个自己的老师吗？"年轻人深深叹了口气说："许多人都是徒有虚名啊，我见过他们的画作，有的画技甚至不如我呢！"释圆听了，淡淡一笑说："老僧虽然不懂丹青，但也颇爱收集一些名家精品，既然施主的画技不比那些名家逊色，就烦请施主为老僧留下一幅墨宝吧。"说着，便吩咐一个小和尚取来了笔墨砚和一沓宣纸。

　　释圆说："老僧的最大嗜好，就是品茗饮茶，尤其喜爱那些造型流畅的古朴茶具。施主可否为我画一个茶杯和一个茶壶？"年轻人听了，说："这还不容易？"于是调了一砚浓墨，铺开宣纸，寥寥数笔，就画出一个倾斜的水壶和一个造型典雅的茶杯，那水壶的壶嘴正徐徐吐出一脉茶水来，注入那茶杯中去。年轻人问释圆："这幅您满意吗？"

释圆微微一笑，摇了摇头。

释圆说："你画得确实不错，只是把茶壶和茶杯放错位置了，应该是茶杯在上，茶壶在下呀。"年轻人听了，笑道："大师何以如此糊涂？哪有茶壶往茶杯里注水，而茶杯在上茶壶在下的？"

释圆听了，又微微一笑说："原来你懂得这个道理啊！你渴望自己的杯子里能注入那些丹青高手的香茗，但你总把自己的杯子放得比那些茶壶还要高，香茗怎么能注入你的杯子里呢？涧谷把自己放低，才能得到一脉溪水；把自己放得最低的陆地，才能成为世界上最深的海洋。人，只有把自己放低，才能吸纳别人的智慧和经验啊。"

年轻人思忖良久，终于恍然大悟。

生命的质量

传说老子骑青牛过函谷关，在函谷关府衙为府尹留下洋洋五千言《道德经》时，一年逾百岁、鹤发童颜的老翁招招摇摇到府衙找他。

老子在府衙前遇见了老翁。

老翁对老子略略施了个喏说："听说先生博学多才，老朽愿向您讨教个明白。"老翁得意地说："我今年已经一百○六岁了。说实在话，我从年少时直到现在，一直是游手好闲地轻松度日。与我同龄的人都相继作古，他们开垦百亩沃田却没有自己一席之地，修了万里长路而未享辚辚华盖，建了千舍屋宇却落身荒野郊外的孤坟。而我呢，却仍然飘飘然然地行走在大道驿路上；虽然没置过片砖只瓦，却仍然居住在避风挡雨的房舍中，先生，是不是我现在可以嘲笑他们忙忙碌碌劳作一生，只是给自己换来一个早逝呢？"

老子听了，微然一笑，对府尹说："请找一块砖头和一块石头来。"

老子将砖头和石头放在自己的面前说："如果只能择其一，仙翁您是要砖头还是愿取石头？"老翁得意地将砖头取过来放在自己面前说："我当然择取砖头。"老子抚须笑着问老翁："为什么呢？"

老翁指着石头说："这石头没棱没角，取它何用？而砖头却用得着呢。"老子又招呼围观的众人问："大家要石头还是要砖头？"

众人纷纷说要砖头而不取石头。

老子又回过头来问老翁："是石头寿命长呢，还是砖头寿命长？"老翁说："当然是石头了。"

老子释然而笑说："石头寿命长人们却不择它，砖头寿命短，人们却择它，不过是有用和没用罢了。天地万物莫不如此。寿虽短，于人于天有益，天人皆择之，皆念之，短亦不短；寿虽长，于人于天无用，天人皆摒弃，倏忽忘之，长亦是短啊。"

老翁顿然大惭。

轻囊行远

　　一个小和尚要出门远游，但日期一拖再拖，已经过了半年了，还迟迟不肯动身。

　　方丈把他叫去问："你出门云游，为什么还不动身呢？"

　　小和尚忧愁地说："我这次云游，一去万里，不知要走几万里路，蹚几千条河，翻几千座山，经多少场风雨，所以，我需要好好地准备准备啊。"方丈听了，沉吟了一会儿，点了点头说："是啊，这么远的路，是需要好好地准备准备。"又问小和尚说："你的芒鞋备足了吗？一去万里，长路迢迢，鞋不备足怎么行呢？"方丈吩咐寺里的僧人，每人帮小和尚准备十双芒鞋，一会儿就送到禅房里来。不一会儿，寺里的僧人就纷纷送鞋来了，每人十双，上百的僧人，很快就送来了上千双芒鞋，堆在那里，像小山似的，方丈又吩咐大家说："你们这师弟远去，一路要经不知多少场风雨，大家每人要替他备下一把伞来。"不一会儿，寺里的僧人便送来了上百把伞，堆放在方丈和那小和尚的面前。看着那堆得像小山似的芒鞋，还有那堆得像小山似的雨伞，小和尚不解地说："方丈，徒儿一人外出云游，这么多的东西，别说是几万里，就是寸步，徒儿我也移不动啊！"

方丈微微一笑说："别急，准备得还不算足呢。你这一去，山万重，水千条，走到那些河边，没船又如何能到彼岸呢？一会儿，老衲我就吩咐众人，每人给你打造出一条船来。"

小和尚一听，慌忙跪下连声地说："方丈，徒弟知道您的用心了，徒儿明白了，现在徒儿就要上路了！"

方丈会心一笑说："一个人上路远游，一鞋一钵就足矣，东西太多，就走不动。人生一世，不也是一次云游吗？心里装的东西太多，又如何能走得远呢？轻囊方能至远，净心方能行久啊。"

小和尚一听，心里惭愧极了，第二天天刚蒙蒙亮，他便手托一钵上路了。

轻囊才能让一个人走远，心净才能让一个人行久，谁见到过一只拖着壳行走几万里的蜗牛？谁又见过一根飘飞不动的轻盈羽毛呢？

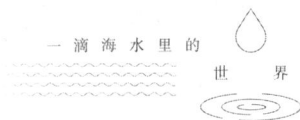

生命的林子

　　唐玄奘刚剃发的时候，在法门寺修行。法门寺是个香火鼎盛、香客络绎的名寺，每天晨钟暮鼓，香客如流。玄奘想静下心神潜心修佛，但法门寺法事应酬太繁，自己虽青灯黄卷苦苦习经多年，但谈经论道起来，自己远不如寺里许多僧人。

　　有人劝玄奘说："法门寺是个名满天下的名寺，水深龙多，纳集了天下的许多名僧，你若想在僧侣中出人头地，不如到一些偏僻小寺中阅经读卷，这样，你的才华便会很快就光芒四露了。"

　　玄奘自忖了许久，觉得这话很对，便决意辞别师父，离开这喧喧嚷嚷高僧济济的法门寺，寻一个偏僻冷落的深山小寺去。于是玄奘就打点了经卷、包裹，去向方丈辞行。

方丈明白玄奘的意图后，问玄奘说："烛火和太阳哪个更亮些？"玄奘说当然是太阳了。方丈说："你愿做烛火还是太阳呢？"

玄奘认真思忖了好久，郑重地回答说："我愿做太阳！"于是方丈微微一笑说："我们到寺后的林子去走走吧。"

法门寺后是一片郁郁葱葱的松林。方丈将玄奘带到不远处的一个山头上，这座山头上树木稀疏，只有一些灌木和偶见的三两棵松树，方丈指着其中最高大的一棵说："这棵树是这里最大的最高的，可它能做什么呢？"玄奘围着树看了看，这棵松树乱枝纵横，树干又短又扭曲，玄奘说："它只能做煮粥的薪柴。"

方丈又信步带玄奘到那一片郁郁葱葱密密匝匝的林子中去，林子遮天蔽日，棵棵松树秀颀、挺拔。方丈问玄奘说："为什么这里的松树每一棵都这么修长、挺直呢？"

玄奘说："都是为了争着承接天上的阳光吧。"方丈郑重地说："这些树就像芸芸众生啊，它们长在一起，就是一个群体，为了一缕的阳光，为了一滴的雨露，它们都奋力向上生长，于是它们棵棵可能成为栋梁。而那远离群体零零星星的两三棵树，一团一团的阳光是它们的，许许多多的雨露是它们的，在灌木中它们鹤立鸡群，没有树和它们竞争，所以，它们就成了薪柴啊。"

玄奘听了，便明白了。玄奘惭愧地说："法门寺就是这一片莽莽苍苍的大林子，而山野小寺就是那棵远离树林的树了。方丈，我不会再离开法门寺了！"

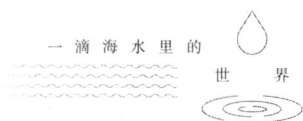

在法门寺这片森林里，玄奘苦心潜修，后来，终于成为一代名僧，他的"枝叶"，不仅伸过云层，伸入了天空，而且，承接了西天辉煌的佛光。

是的，一个成才的人是不能远离社会这个群体的，就像一棵大树，不能远离森林。

浮生若茶

一个屡屡失意的年轻人千里迢迢来到普济寺，慕名寻到老僧释圆，沮丧地对老僧释圆说："像我这样屡屡失意的人，活着也是苟且，有什么用呢？"

老僧释圆如入定般坐着，静静听这位年轻人的叹息和絮叨。什么也不说，只是吩咐小和尚说："施主远途而来，烧一壶温水送过来。"小和尚喏喏着去了。

少顷，小和尚送来了一壶温水，释圆老僧抓了一把茶叶放进杯子里，然后用温水沏了，放在年轻人面前的茶几上微微一笑，说："施主，请用些茶。"年轻人俯首看看杯子，只见杯子里微微地袅出几缕水汽，那些茶叶静静地浮着。年轻人不解地询问释圆说："贵

寺怎么用温水沏茶？"释圆微笑不语。只是示意年轻人说："施主请用茶吧。"年轻人呷了两口，释圆说："请问施主，这茶可香？"

年轻人又呷了两口，细细品了又品，摇摇头说："这是什么茶？一点茶香也没有呀。"释圆笑笑说："这是江浙的名茶铁观音啊，怎么会没有茶香？"年轻人听说是上乘的铁观音，又忙端起杯子吹开浮着的茶叶呷两口，又再三细细品味，放下杯子肯定地说："真的没有一丝茶香。"

老僧释圆微微一笑，吩咐门外的小和尚说："再去膳房烧一壶沸水送过来。"小和尚又喏喏着去了。少顷，便提一壶壶嘴吱吱吐着浓浓白汽的沸水进来，释圆起身，又取过一个杯子，撮了把茶叶放进去，稍稍朝杯子里注了些沸水，放在年轻人面前的茶几上，年轻人俯首去看杯子里的茶，只见那些茶叶在杯子里上上下下地沉浮，随着茶叶的沉浮，一丝细微的清香便从杯子里袅袅地溢出来。

嗅着那清清的茶香，年轻人禁不住欲去端那杯子，释圆忙微微一笑说："施主稍候。"说着便提起水壶朝杯子又注了一缕沸水。年轻人再俯首看杯子，见那些茶叶上上下下沉沉浮浮得更嘈杂了，同时，一缕更醇更醉人的茶香袅袅地升腾出杯子，在禅房里轻轻地弥漫着。释圆如是地注了五次水，杯子终于满了，那绿绿的一杯茶水，沁得满屋津津生香。

释圆笑着问道："施主可知道同是铁观音却为什么茶味迥异吗？"年轻人思忖了一会儿说："一杯用温水冲沏，一杯用沸水冲沏，用水不同吧。"

释圆笑笑说："用水不同，则茶叶的沉浮就不同，用温水沏的茶，茶叶就轻轻地浮在水之上，没有沉浮，茶叶怎么会散失它的清香呢？而用沸水冲沏的茶，冲沏了一次又一次，茶叶沉了又浮，浮了又沉，沉沉浮浮，茶叶就释出了它春雨的清幽，夏阳的炽烈，秋风的醇厚，冬霜的清冽。"世间芸芸众生，又何尝不是茶呢？那些不经风雨的人，平平静静生活，就像温水沏的茶叶平静地悬浮着，弥漫不出他们生命和智慧的清香，而那些栉风沐雨饱经沧桑的人，坎坷和不幸一次又一次袭击他们，就像被沸水沏了一次又一次的酽茶，他们在风风雨雨的岁月中沉沉浮浮，于是像沸水一次次冲沏的茶一样溢出了他们生命的一脉脉清香。

是的，浮生若茶。我们何尝不是一撮生命的清茶？

而命运又何尝不是一壶温水或炽烈的沸水呢？茶叶因为沸水才释放了它们本身深蕴的清香，而生命，也只有遭遇一次次的挫折和坎坷，才能留下我们一脉脉人生的幽香。

心灵的棉被

一个小和尚沮丧地跟住持说："我们这一寺两僧的小庙，如果想变得如您所说的庙宇千间，钟声不绝，香客如流，那几乎是不大可能的事儿。"

披着袈裟的老僧只是闭着眼睛静静听着，却一声不语。

小和尚又絮叨说："每次我们下山去化缘，说起我们菩提寺，很多人都摇头说不知道这个寺庙，施舍给我们的香烛钱往往也少得不值一提，化缘得来这么少，什么时候我们这么小的菩提寺才能变成古刹名寺呢……"

披着袈裟默默诵经的老僧沉默了一会儿终于睁开了眼睛问小和尚说："这北风吹得真厉害，外边冰天雪地的，你冷不冷？"小和尚浑身打个哆嗦，说："我早冻得双腿都有些麻木了。"老僧说："那我们不如早些睡觉好。"

老僧端着烛灯走到榻前，摸着冰冷的棉被问小和尚说："棉被也这么凉，睡一觉就暖和了。"一老一少两僧熄掉灯钻进了冰凉的棉被里。过了一个时辰，老僧忽然问躺在被窝里睡眼蒙眬的小和尚说："现在你的被窝里暖和了吗？"

小和尚说："当然暖和，就像睡在阳春暖融融的阳光下一样。"

老僧说："棉被放在床上十天半月都依旧是冰凉的，可人一躺进去，不久被窝里就变得暖洋洋的，你说是棉被把人暖了，还是人把棉被暖了？"小和尚一听，"扑哧"就笑了，说："您真糊涂呀，棉被怎么能把人暖热，是人把棉被暖热的。"

老僧说："既然棉被给不了我们人温暖，反而要靠我们人用身体去暖它，那我们还要盖棉被做什么？光着身子睡不去暖棉被，我们不就更暖和了？"

小和尚想了想说："虽然棉被不能给我们温暖，可厚厚的棉被却可以保存我们的温暖，让我们在暖融融的被窝里舒舒服服睡觉啊。"

黑暗中，老僧会心一笑说："我们撞钟诵经的僧人何尝不是躺在厚厚的棉被下的人？而芸芸众生又何尝不是厚厚的棉被呢？只要我们一心向善，冰冷的棉被会被我们暖热的。而芸芸众生的棉被保存着我们的温暖，这大千世界不就暖融融的如同我们的被窝这样舒服了吗？那我们还会有什么人生的梦想不敢去实现的呢？"

小和尚一听，蓦然明白了。

其实，我们谁不是睡在大千社会棉被里的一个人呢？我们用心灵的火热去温暖这个世界，世界就为我们永驻了一个暖阳蕙风的春天。

用心灵给世界以温暖，世界就会给我们绽开温馨的花朵。

人生的放弃

一个年轻人心情十分郁闷，他到法严寺去拜访寺里的禅师。

走到半路的时候，很巧她碰到了正要归寺的了一禅师。了一禅师身着僧衣，背着一个空空的竹篓，了一禅师说："我到山下给一些施主送寺里的茶叶去了。"年轻人看着须眉皆白满脸慈善的了一禅师问："大师跑这么远去给别人赠茶，你自己能得到什么呢？"

了一禅师说："我得到了这个竹篓啊。"年轻人不解，说："这个竹篓原本就是大师的，它本来是装满了茶叶的，如今茶叶都送人了，这个竹篓空空如也，大师如何说您得到了这个竹篓呢？"

了一禅师笑了说："不错，老衲下山是背着满满一篓茶叶的，并且分量不轻，把老衲我压得腰酸背疼，走几步就要歇一歇，但是，

当老衲每送出一份茶叶，我背上竹篓的分量就轻一些，茶叶送完了，我的背上就只剩下这个轻飘飘的背篓了，你说我不是得到这个竹篓了吗？竹篓轻了，我背上的东西也不再沉重了，施主你说老衲我不该感到高兴吗？"

年轻人看了一禅师十分自得的样子说："原来你们僧人的高兴是把自己的东西赠送出去呀，但我们芸芸众生可不一样，我们不像你们这些出家人，我们年轻时对灯苦读，是要让自己变得有智慧，把别人很难挣到的钱去轻而易举地挣到自己的家里来；把别人不能争到的功名地位，去千方百计地抢过来；把别人的田地置买过来；把最美的府宅建起来自己住。"年轻人顿了顿叹息了一声说："可这一切太难了，每每想到人生如此艰难，我便食不甘味。夜夜失眠，心情又忧闷又沉重啊！大师，您能告诉我人生如何才能轻松，心情如何才能开朗、快乐吗？"

了一禅师听了，笑呵呵地把背上的竹篓取下来又放在年轻人的背上说："背上这个篓，我就告诉你人生这一切的秘诀吧！"年轻人背上竹篓，了一禅师说："年轻人，你不是需要万贯金钱吗？那好，这块石头就是金钱，给你了！"说着，便从路边捡了个石块放进了年轻人背着的竹篓里。又走了几步，了一禅师说："年轻人，你不是苦苦渴望功名吗？那好，这块石头就是功名，给你了！"说着，又从路边捡起一块石头放进了年轻人背着的竹篓里。又走了不远，了一禅师又搬起一块石块说："有了金钱，有了功名，年轻人，你不是还需要让人羡慕的社会地位吗？也给你了！"边说边将石块又放进了年轻人背着的竹篓中。就这样，年轻人竹篓里的石头越来越多、越来越沉重了，压得年轻人腰酸背痛大汗淋漓，走起路来趔趔趄趄跟跟跄跄，但了一禅师仍然没有停手，又搬起一个石块说："年轻人，你还需要一个豪华府宅啊，那好，这一块石头便是！"说着，就要往竹篓里放，年轻人急忙摆手气喘吁吁地说："不要了，不要了，我什么也不要了，这沉重的篓子简直快把我压死了！"说着，便一屁股瘫坐在地上呼呼直喘粗气。

了一禅师却依旧神色严肃地说："怎么能不要了呢？你一生需要的还有很多，恐怕把这一座大山都搬进篓来也远远不够，现在刚有了一点点，怎么就不要了呢？"

年轻人顿然明白了，惭愧地对了一禅师说："大师，我明白了，人心的欲望是无限的，如果不能抑制自己心灵的欲望，那么一个人一辈子都将是沉重的，他的心灵里永远都不会有阳光和徐徐清风。"

了一禅师一听，笑了笑说："是啊，年轻人，每个人来到这个尘世时，他的心灵上都背着一个空篓子，有的人能够快快乐乐轻轻松松度过自己的人生，那是他心灵无私，从没把生命之外的多余东西据为己有。而那些一生沉闷、人生沉重的人，不过是把金钱、功名、地位这些石块烂泥都不停地捡到了自己的篓子里罢了。"

生命是不能承受欲望之重的，要想使我们的人生洒脱，就必须让我们的心灵有所放弃，有所失才能有所得。

人生的炼炉

　　一个聪颖的年轻人到法禅寺剃度出家，和他同时到寺里剃度修行的有近百个年轻新僧，寺里对这群年轻的沙弥管教得很严，打柴、挑水、拂扫殿堂，苦活重活全给了他们干。尤其对这个年轻僧人，住持显得特别严厉，什么活重，就派他做什么活儿，一点儿都不给他轻松的机会。

　　寺里释禅讲经，住持也特别"关照"他。频频让他回答最难的问题，许多时候，一节授经课里，住持能提问他几十次，而其他小沙弥可能连一次被提问的机会也没有。别人答错问题或答不出问题，住持都十分宽容，而他一旦答错或答不出问题，住持就十分严厉，不是让他一个人离开蒲团到墙角尴尬地席地而坐，就是罚他抄经几十遍甚至上百遍。他感到十分委屈，于是去见德高望重的方丈，说：

"住持对我心存偏见，在这里修佛不成，我想另觅寺门，去再觅栖身庙了。"

方丈听了，微然一笑说："大雄宝殿的门槛烂了，需要换新，另外寺里还要雕一尊佛像，你明天去后山伐一根大树扛回来，待门槛修好，佛像坐上莲台，再谈你想离寺的事情吧，记住，门槛和佛像，伐一棵树就够了，不许滥伐。"

第二天，按照方丈的吩咐，他果然到寺后的森林里伐了一棵大树扛了回来。

第三天，方丈请来了几个木匠，木匠们将树干锯成两段，一段只简单锛了几锛，就做了大雄宝殿的门槛。另一段呢，木匠们又是用水浸，又是用火烤，折腾了好久，然后在上面画出了佛像的轮廓，几个木匠围着这段木头，有的挥锯呼呼地锯，有的抡起板斧咔咔地砍，有的舞起凿刀和小锤当当地凿，有的拿着雕刀伏在木头上狠力地雕刻，反正，十八般兵器全对这段木头用上了。

几天后，那段木头变成了一尊慈眉善目的佛像，镀上金灿灿的金水后，就摆在了大殿里的莲花台上，让前来进香的香客们跪拜。

方丈把他带进大雄宝殿，指着门槛和莲花台上的佛像说："这是一棵树截开的两段木头，简单加工了就做了人人从头上过的门槛，又锛、又锯、又凿、又雕的那段，就成了人人顶礼膜拜的金佛。"方丈顿了顿对他说："现在，你可以决定自己的去留了。"

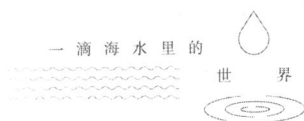

　　他顿然十分羞愧，忙向方丈行礼说："大师，小僧明白了。"

　　从此，他静心在法禅寺撞钟诵经，许多年后，成了法禅寺有名的方丈。

　　不要怨恨责难，责难你的人，往往是把你放在他心中的人，责难是炼金的火焰，只有在责难里淬炼，一块石头才能在出炉时成为黄金。

生活的泥土

　　玄奘初到法门寺的时候，住持见他天资聪颖悟性超群，对他格外器重。

　　住持让玄奘住到藏经楼上，青灯孤影，让他一个人静静地读经参禅。玄奘欣喜万分，因为他太喜欢这些经卷了，经卷里有令他沉迷的另一个大千世界。玄奘在藏经楼一读就是五年。藏经楼里的经卷太多了，苦读五年，玄奘也不过读了十几架的书，还有浩如烟海的经卷在等待他去一一阅读呢。玄奘想，只要能再这样两耳不闻窗外事地读十年，自己或许就可以成为一个得道高僧了。

　　就在玄奘还深深沉迷在那些落满尘土的经卷中的时候，住持却来告诉玄奘说："寺里要选一名僧侣去云游天下，老衲和方丈大师

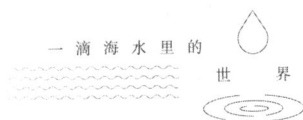

议定，由你去托钵云游。"

玄奘听了，忙向住持说："这藏经楼里有经书万卷，小僧闻鸡起舞昼夜苦读，至今不过读了三五百卷，刚刚略识皮毛，小僧还想深读下去，只有皓首穷经，方才能够光大佛法成就正果啊！四海云游，是否可别择他人呢？"住持听了微笑不语。过了两天，又唤来玄奘说："现在已是万木萧萧的初冬时节了，再过些时日，寒霜酷雪就会次第降临了，老衲这里有两盆海棠，你挑一盆瘦弱的连同花盆一起栽入泥土中，另一盆不必掩埋，就放在墙角或屋檐下吧。"

玄奘不解住持为什么要他这样做，但还是依照住持的吩咐，去大雄宝殿后的花坛里找到了那两盆海棠。两盆海棠都长得十分茂盛，春夏时玄奘曾见过它们绽放，虽是栽在花盆里作为盆景，但因为住持莳弄殷勤，棵棵长得枝繁叶茂，花朵开得稠密芬芳，十分令人喜爱。玄奘按照住持吩咐，选了那棵略显粗壮的，把它放到墙角，这样可以让寒风吹它不着，又足可以让它晒到阳光，然后又在花坛里挖了深坑，将那盆略略瘦弱的连花盆一起栽入了泥土中。

冬天来了，冷风怒号飞雪狂舞，住持再也没有跟玄奘说起让他托钵云游的事情。玄奘就又躲进藏经楼里，怡然自得地看经读卷去了。

次年初春，冰雪初融，万物复苏，法门寺旁的林子里又氤氲起了一片淡淡的绿意，棵棵树的枝条上都萌出了一串串嫩嫩的绿芽。住持在一个春光明媚的上午又来找藏经楼里的玄奘说："春回大地，万物复苏，所有的草木都又萌出了它们的新芽，我们也去看一看那两棵海棠吧。"玄奘先带住持走到墙角，那盆海棠还在，正沐浴着暖融融的一片春晖，只是它的枝条上什么也没有，连一个芽苞也寻不到。玄奘说："它早就该发芽萌叶了，可为什么一个绿芽也没有呢？"住持不语，只是蹲下去轻轻敲了敲它的枝干听了听说："它早在冬天时就被冻死了。"

"冻死了？"玄奘大吃一惊，接着说道，"它放在这墙角，可是很难被寒风吹到却又可以饱沐日光的呀，为什么还会被冻死呢？"住持不语，只是浅浅一笑说："走，去看一看栽在泥土中的那棵海棠吧。"

住持和玄奘来到花坛边，看到栽在泥土中的那盆海棠早就萌出了绿幽幽的肥壮叶子，绿叶婆娑一派生机盎然。玄奘不解地说："这一盆海棠在这里被风吹雪盖，能得到的阳光也不比墙角的那棵多，为什么它经历了严冬却毫发未损，而墙角的那盆却被冻死了呢？"

住持听了，微微一笑说："只是因为这盆冬天时埋在了泥土中，而墙角那盆却没有掩埋啊。"玄奘还是不解："虽然那盆没埋，但它放在墙角，很少被寒风吹，却又有充裕的阳光呀！"

住持说："温暖不仅仅来自天上的阳光，在冬天时，它更多的是来自脚下的大地啊！"

玄奘一听，顿然愣了。

第二天清晨，玄奘就早早脚穿芒鞋手托盂钵来向住持辞行了。

玄奘向住持深深行了一个礼说："大师，小僧终于明白读万卷书，行万里路这个道理了，最美的经卷，不仅仅是经楼的那些经卷，更是普天之下芸芸众生红尘生活的经卷啊。"住持大师颔首笑了笑说："是的，真正的修行，不仅是在经卷中修，更要在尘世生活中修啊。记住，高天上的太阳可以给我们温暖，但我们脚下的大地同样也可以给予我们温暖呀！佛光，在云端，也在我们的脚下！"

不要忽略我们平常的生活，不要轻视我们身边的那些默默无闻的芸芸众生，他们也是我们的大地。他们也是我们萌芽开花的一种必需的温暖。

梦想的星星再亮再高，摘取它的脚步什么时候也不能离开我们脚下的大地，每一个巨人的人生不管多么伟大，它也离不开那些平凡生活的淬炼和洗礼。

泥泞留痕

鉴真和尚刚刚剃度遁入空门时，寺里的住持见他天资聪慧又勤奋好学，心里对他十分赞许，但却让他做了寺里谁都不愿做的行脚僧。每天风里来雨里去，吃苦受累不说，化缘时还常常遭白眼，被人讥讽挖苦。鉴真对此愤愤不平。

有一天，日上三竿了，鉴真依旧大睡不起。住持很奇怪，推开鉴真的房门，见鉴真依旧不醒，床边堆了一大堆破破烂烂的芒鞋。住持叫醒鉴真问："你今天不外出化缘，堆这么一堆破芒鞋做什么？"鉴真打了一个哈欠说："别人一年一双芒鞋都穿不破，可我刚刚剃度一年多，就穿烂这么多的鞋子，我是不是该为庙里省些鞋子了？"

住持一听就明白了，微微一笑说："昨天夜里落了一场雨，你

随我到寺前的路上走走看看吧。"

鉴真和住持信步走到了寺前的大路上。寺前是一座黄土坡，由于刚下过雨，路面泥泞不堪。

住持拍拍鉴真的肩膀说："你是愿意做一天和尚撞一天钟呢，还是想做一个能光大佛法的名僧？"

鉴真说："我当然希望能光大佛法，做一代名僧。但我这样一个别人瞧不起的苦行僧，怎么去光大佛法？"

住持捻须一笑："你昨天是否在这条路上行走过？"鉴真说："当然。"

住持问："你能找到自己的脚印吗？"

鉴真十分不解地说："昨天这路平坦而坚硬，小僧哪能找到自己的脚印？"

住持又笑笑说："今天我俩在这路上走一遭，你能找到你的脚印吗？"

鉴真说："当然能了。"

住持听了，微笑着拍拍鉴真的肩说："泥泞的路才能留下脚印，世上芸芸众生莫不如此啊。那些一生碌碌无为的人，不经风不沐雨，没有起也没有伏，就像一双脚踩在平坦而坚硬的大路上，脚步抬起，什么也没有留下。而那些经风沐雨的人，他们在苦难中跋涉不停，就像一双脚行走在泥泞里，他们走远了，但脚印却印证着他们行走的价值。"

　　鉴真惭愧地低下了头。从那以后，他年轻有力的脚印留在了寺前的泥泞里，留在了弥漫着樱花醇香的扶桑泥土里……

　　在泥泞里行走，生命才会留下深刻的印痕。

生命的通途

一得和尚刚刚剃度到云济寺的时候，寺里的住持释源和尚持偏见，极不喜欢他。

面对释源的冷言冷语，一得觉得度日如年，于是他收拾了行囊，去向方丈释义大师辞行，准备另投他寺，弘扬佛法。

须眉皆白的方丈听完一得的辞行原因后，微微一笑说："云济寺有释源，难道其他名刹古寺就没有释源这样的僧侣吗？"释义大师吩咐几位沙弥抬来了四块又厚又长的木板，让一得坐到中间，然后将木板竖起围成四堵墙壁，又在四周遍布荆棘。对他说："你什么时候能从这'木井'中走出来，再跟我谈辞行的事吧！"

释义大师走了，一得被囚在"木井"中急得抓耳挠腮。他尝试着爬墙壁，但竖起的木板又光又滑，根本就爬不上去。一直到了半夜时分，一得又气又急，他用肩膀猛撞一块木板，栽在地上的木板终于被他撞得微微晃动了。一得继续不停地用肩膀撞那一块木板，终于那块木板"咚"的一声被一得推倒了。

　　一得高兴地钻出"木井"，刚抬脚要走，却被一种尖锐的东西刺得疼痛不已。他借着月色一看，原来是一丛一丛堆在四周的荆棘。这荆棘堆得又厚又密，连一只猫也不能钻出去，一得踟蹰了好久，一拍脑袋说："那块倒下的木板不正是一条走出荆棘丛的路径吗？"

　　一得到了释义大师的禅室，大师微笑着说："怎么走出'木井'的？"一得说："我推倒了一块木板。"

　　大师又问："怎么跳出荆棘丛的？"一得得意地说："推倒的木板，不正好是一条又平又坦的道路吗？"

　　释义大师微微一笑说："你在这云济寺里的处境，难道不是同你在'木井'中一样吗？只要你能用心去推倒困境障碍，那么困境和障碍就会变成一条又平又坦的道路的。"

　　一得恍然大悟，他又留在了云济寺，并最终以自己的勤奋和聪颖，赢得了住持释源和全寺僧侣的推崇，释源圆寂时，还力荐一得担任云济寺的住持。

　　面对最陡的墙壁，只要你能真诚地把它推倒，于你而言，或许它就是一条最坦最直的大路。

第 五 辑

一微念，爱的微笑明媚流年

春草绿了世界，我们却不须去为春草感激，
清风吹拂我们，我们却不须去为清风卑微，
阳光照耀我们，我们却不须去为太阳弯下自
己的脊梁……伸出自己的手，付出自己的温
暖，捧回一掬阳光在自己的心上，就够了。

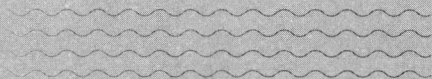

爱的力学

　　他是一个研究力学的专家,在学术界里成绩斐然。他曾经再三提醒自己的学生们:"在力学里,物体是没有大小之分的,主要看它飞行的距离和速度。一个玻璃跳棋弹子,如果从十万米的高空中自由落体掉下来,也足以把一块厚一米的钢板砸穿一个小孔;如果是一只乌鸦和一架正高速飞行的飞机相撞,那么乌鸦的肉体一定会把钢铁的飞机一瞬间穿出一个孔来。"

　　他说:"这种事在苏联已经屡次发生过。所以我提醒大家注意,千万别抱任何把高空里掉落的东西稳稳接住的幻想,即使是一粒微不足道的沙子!"

　　那一天,他正在试验室里做力学试验。忽然,门"咕咚"一声被推开了，他的妻子惊恐万分地告诉他，他们唯一的女儿——那先天有些痴呆的女儿爬上了四层楼顶，正站在楼顶边缘要练习飞翔。

他的心刷地吊到嗓子眼，一把推开椅子，连鞋都没来得及换就跑出去了，他赶到那座楼下的时候，许多人都已经惊慌失措地站在那里了。他的女儿穿着一条天蓝色的小裙子，正站在高高的楼顶边上，两只小胳膊一伸一伸的，模仿着小鸟飞行的动作想要飞起来，看见爸爸来了，妈妈也跑来了，他的小女儿欢快地叫一声就从楼顶上起跳了，很多人吓得"啊"的一声连忙捂住自己的眼睛，看到那小鸟般的女儿正飞速地垂直下落，平时手无缚鸡之力的他突然推开紧拉着他的学生们，一个箭步朝那团垂落的蓝云迎了上去。

"危险——"

"啊——"

随着一声惊叫，那团蓝云已重重砸在他高高伸出的胳膊和身上，他感到自己像被一巨锤猛地狠狠砸下，腿像树枝一样"咔嚓"一声，整个人就眼前一黑什么也不知道了。

他醒来的时候，已经是躺在医院抢救室里的第六天了，脑子还算好，可是下肢已彻底没有了感觉。泪水涟涟的妻子和他的学生们埋怨说："你是搞力学的，怎么能不知道那样做太危险？"

他笑笑，看看床边自己那安然无恙的小女儿，说："我知道危险。搞了半辈子力学，我怎么能不懂这个呢？只是在爱里边，除了爱，没有力学。"

爱没有力学。一只母鸟虽然害怕一粒小小的子弹对自己翅膀的打击，但在一只比子弹大得多也重得多的雏鸟从巢口坠落时，它会像闪电一样毫不迟疑地迎上去。一头母牛带着牛犊遭遇野狼袭击，它会用自己的肉体和鲜血去护卫自己那幼小而孱弱的牛犊……

在爱里，除了一种比钻石更硬的爱的合力之外，再没有其他任何力学。爱是灵魂里唯一的一种力。

母爱的时间

母亲从乡下来了。

母亲平常是很少到城里来的，如果不是我们一次次打电话催促她，或者是驾着车去老家接她，母亲是很难来城里小住几天的，她养的鸡鸭，她侍弄的菜畦，还有那些总也做不完的一堆堆家务，母亲说她放不开手。母亲这次能不请自到到城里来，是她的牙痛把她逼迫来的。母亲牙痛了，让小镇的牙医给她治牙，没想到竟越治越痛，甚至半边脸都红肿起来，痛得茶饭不思，痛得彻夜辗转，实在没办法了，才自己搭了车来城里看医生。

我带着母亲到医院里去看医生。母亲说你工作忙，我自己去就行了。我说那不行，你不识得字儿，再说医院里又要排队又要挂号的，

你一个人去根本就忙不过来。估摸着自己真不行，母亲才勉强答应下来。

到了医院里，找到了牙科，我先安排母亲在候诊的长条椅上坐下来，然后去和忙碌不停的医生预约，去挂号处给母亲挂号，来来去去几项事情办好，用了差不多一个钟头的时间，跑得脑门上汗涔涔的。母亲见到了，似乎很不安似的，一遍又一遍地和我说："号挂上了，你就先回家歇歇吧，俺自己就行了。"我笑母亲说，城里的医院不比咱老家小镇的医疗所，三五个医生，五七个护士，人也差不多都认识，一应事情都好办。城里的医院，要去付费处付费，要去取药处取药，如果要化验，这个科室进，那个科室出，事情多着呢。一听这么多事情，母亲才不再催促我先走了。我站在母亲的旁边，向母亲询问老家的事情，亲朋好友的，左邻右舍的，一提起老家，母亲就有了谈兴，边用一只手捂着红肿的腮帮，边东家西家地和我说了起来。

聊了一会儿，我的手机忽然响了，是几个朋友打来的，说是几个哥们儿聚一聚，就差我了，我说在医院呢，一会儿再联系。母亲一下子又不安了起来，她说："你还是先走吧，那么多人在等你呢。"我宽慰母亲说："没事，是几个要好的自家弟兄，也没什么大事儿。"母亲不安地搓着她青筋毕露的瘦瘦老手说："这大医院真是，连看个牙痛都需要这么长时间！"

又和母亲聊了一会儿，母亲不停地问现在几点了，边问边叹息说："怎么要费这么多工夫呢？唉，真误了你的事儿了。"我安慰母亲说："哪有那么多的事情呢。"正说着，我腰间的电话又响了，是北京的一个朋友打来的，为让对方能明白我的每一句话，我没有说老家的浓重方言，压低了声音，用蹩脚的普通话应答。说了十几分钟的电话，我发觉母亲的面额上渗出了一层细密密的汗珠来，我问母亲说："是不是牙痛得厉害？瞅，您脸上都有汗了。"母亲催促我说："你还是先走吧，人家都十万火急地找你呢。"

我说没什么事情啊，没有人要立刻就见我啊。母亲说："你急得刚才打电话都变声了，还以为俺不知道？你先去忙吧，俺一个人能行！"我笑母亲说："那是我说北京话，说咱们这里的话那边的朋友听不懂。"但母亲还是固执了起来，她一边顾自埋怨城里医院的效率慢，一边坚决地再三催促我先走，母亲说："早知道城里的医院做事这么慢，我就不来城里治牙了。瞅瞅，耽误了你大半天的时间了。"母亲很不安，不停地低声一遍又一遍自责着，她一会儿站起来，一会儿又坐下去，嘴里不停地哀怨说："怎么这么慢？怎么这么慢？"

终于轮到母亲了，母亲如释重负地松了一口气，断然地又一次催促我说："这下子没事了，你先走吧，那么多人都在等你呢。俺一个人能行。"我执拗地说："还要付费、取药呢，你一个人怎么能行？不就是需要我陪你一上午吗？看把你慌得坐立都不宁了！"母亲不安地嘟囔说："都一上午了，不知都耽误你多少事情了。"

然后就蹒跚着走进了牙科。

看着母亲不安的样子，我的心忽然就有些酸楚，我不就陪了母亲一个上午吗？而母亲呢？当我幼小的时候，夜里哭闹，母亲抱着我一夜不睡地在屋里不停地踱步；当我生病的时候，母亲总是寸步不离地紧紧偎着我，有时是一两天，有时甚至是十天半月；当夜深时我坐在寒夜的灯光下默默写作业的时候，母亲就一个人在客厅的黑暗里静静地独坐着，我床头的灯没有熄，母亲就睡不着。甚至很多的夏夜，我早就甜甜地睡熟了，母亲还静静守在我的床边，为我轻轻地摇着蒲扇……

谁能计算出母爱给了我们每个人多少的光阴，而我们又能陪伴母亲多少的时间呢？如果母爱是春天，我们回报给母亲的，不过是一个短暂的花期。如果母爱是永恒的阳光，我们回报给母亲的，不过是清晨那颗闪光的露珠……

总有一滴雨会落到花上

和一位年逾八旬的老嬷去一座古刹朝拜。古刹外，云集了一个又一个的乞讨者，有四肢伤残的，有盲人，有落魄的艺人，还有一些肢体健全，却靠乞讨度日的人。

那些乞讨者一看到有香客，立刻从古刹前的广场涌过来，纷纷伸着手向我们求助。拄着杖的老嬷说："不要挤不要挤，一个一个慢慢来。"然后就开始解自己胸前挎包的拉链。我们忙劝阻老太太说："老奶奶，别相信他们，他们中许多人其实可以自食其力的，他们只是太懒惰，靠骗人生活而已。"

老嬷听了微微笑了笑说："这些我都知道，可他们中间总有一些人是需要帮助的。"

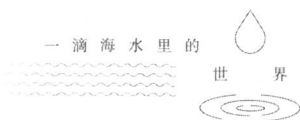

"可你不知道他们中谁需要帮助，谁是借此行骗的啊。"我们继续劝阻说。

老嬷慈眉善目地笑笑说："我谁都给一点点不就行了吗？"

我们说："如果您施舍的这些人中间有几个是骗子，您不就是上当受骗了吗？"老嬷淡然地笑笑说："总不能因为害怕自己上当受骗，就连那些真正需要帮助的人也视而不见了吧？草再多，但总有一滴雨会落到花上的！"

见我们还要劝说什么，老嬷又有些得意地笑笑说："别担心，我是早有准备的。我给他们的都不多，每个人都不过区区五角钱。对于那些衣食无着确实需要帮助的，给他五角钱，他就可以买一个馒头，可以一顿饭不饿肚子了。但对那些借此而行骗的，五角钱肯定会让他们大失所望，即便我被骗了五角钱，我又能损失多少呢？我们不能因为害怕上当受骗就完全放弃了自己心灵的那一份善良吧？"老嬷边说，边拉开了胸前的挎包，给伸到她面前的手，每个手都微笑着放一张，果然，都是五角的。

拿到了老嬷的五角钱施舍，有的人千恩万谢，有的人很快就悻悻走开了。

如今，我也常常在自己的随身钱包里放上一些五角的、一元的钱币，对于那些形形色色的乞讨者，我也从此再不拒绝，都会给予一元或者五角，我知道他们中间有些人是借此行骗的，但我记起那位老人的话：草再多，但总有一滴雨会落到花上。

太阳，不会因为天空有乌云就藏起自己的阳光。心灵，也不能因欺骗就放弃了善良。

善良的真谛

　　和一位记者朋友去采访一位老人。朋友说老人是市里慈善活动捐赠次数最多、捐赠数额每次都是最大的一个，但连续十几年了，老人每次捐赠都不留姓名，都是署名"无名"，这次能去采访到老人，是很费了一番周折的，我们此次采访的目的有两个，一是推出一篇对老人长期无私捐赠却不留姓名的长篇社会报道，二是最近市里要搞一个"金秋助学"资助贫困大学生的隆重的现场捐赠活动，让我们说服老人去登台参加。

　　老人住在一个很幽深的静静的小巷里。坐在老人庭院里的葡萄架下，当我们徐徐向老人表明我们的来意后，老人沉默了片刻说："我给你们讲一个并不遥远的故事吧。"

　　老人说："六十多年前的时候，在偏僻贫穷的乡下，有一个家境十分贫寒的孩子，虽然家境贫寒生活拮据，但这孩子的学习却十分出色。那年秋天，这孩子以全县第一的高分考入了县重点中学。但昂贵的学费却让孩子的父母彻夜辗转难眠忧愁不已，家里生活已经举步维艰了，拿什么供孩子去县上读书啊？这孩子家的窘境被人传开后，县上的一位领导决定个人资助这孩子进县城读书，书钱、学费、生活费用等他一个人全包了。但慷慨解囊的领导并不想做一名无名捐赠者，他组织了几十个单位近万人，准备举行一场盛大的公开捐赠会。他先是驱车百余里赶到深山里找到这个贫寒却成绩出色的孩子，让孩子自己动手写一篇自己家境是如何困难窘迫的发言稿，然后又找了县里几个写材料的高手，把稿子润色得声情并茂催人泪下，他要求孩子说：'你必须把这稿子滚瓜烂熟地背下来，上台后要像演员一样地该哭就哭，该流泪就刷刷地流个不停。'"

　　孩子很不情愿，但还是答应了，因为孩子太想到县城中学读书了，进县城读中学，然后到更大的城市读大学，这是这个十几岁孩子唯一的梦想。

　　但在捐赠大会举行前，孩子却放弃了。孩子说："这样的捐赠不是什么真正的捐赠，你不过是用捐赠的名义购买了贫寒留给我的一点点仅剩的尊严。让我到一个万人大会上诉说自己父母的无能和自己家境的贫寒，我心里接受不了，也做不到。"

　　那个孩子辍学了。他开始是跟着村里的建筑队用瘦弱的手搬砖

和泥，后来自己成了建筑队的设计员、预算员。然后他自己拉起一班人马，成立了一家建筑公司。

老人顿了顿说："那个孩子，就是我。"老人看了看惊愕不已的朋友和我说："我已经被这样的'善良'伤了一辈子，我会用自己的所谓善良去伤害别人吗？"老人微微摇了摇头，淡淡地笑了。

采访结束后，朋友也没写关于老人的长篇社会报道，我们也没有向任何人透露过老人的姓名和他多次无名巨额捐助的善举，就像从来没有见到过那位善良的老人一样。但我和朋友明白了，让被捐赠人和那些资助者见面，让那些贫寒和困难者一次又一次诉说自己的不幸和困苦，那不过是众目睽睽下让不幸者感觉自己更卑微，那不过用钱物去伤害一个人的灵魂和尊严。真正的善良，是慷慨地资助，但又绝不损伤别人的一丝尊严。

从那次采访后，我再也没有出席过一次现场捐助活动，也拒绝被他人安排和那些不幸者、困苦者面对面交流，我想，自己捐赠了，而又没有让别人为自己的绵薄善良丢掉一些什么，那才是真正的善良，那才是善良的真谛。

春草绿了世界，我们却不须去为春草感激，清风吹拂我们，我们却不须去为清风卑微，阳光照耀我们，我们却不须去为太阳弯下自己的脊梁……伸出自己的手，付出自己的温暖，捧回一掬阳光在自己的心上，就够了。

无私帮助，而又拒绝感激，才是这个世界上真正的善良。

因为和你平坐过

　　巷口前的街上，是一家一家的小餐馆。这些餐馆都是一些普普通通的大众餐馆，经营稀粥、面条、馒头一类的家常饭，那些坐着轿车的和衣冠楚楚的人很少光顾这里。蜂拥在这里的，多是一些拎着安全帽、绾着裤角、衣服上落满了斑斑点点黑灰色泥浆的民工。他们来就餐，从不炒什么菜，总是一个人要几个馒头，盛上一碗稀饭，就低着头吸溜吸溜地吃起来。有时，餐馆里的桌椅不够用，他们许多人就一只手拿着雪白的馒头，一只手端着一碗稀饭蹲在街边的树荫下埋头吃起来。

　　我家就在距巷口不远的地方，因为平时太懒散，早餐和晚餐很少做，所以就常常就近到巷口的小餐馆里草草地吃一点。有的时候

来得早一点儿，可能在早晨七点钟之前或在傍晚六点钟之前吧，那些民工还没来，尚有桌椅可坐。但在早晨七点之后或在傍晚六点之后，就是那些民工就餐的高峰期，座位早就坐满了，想找一个地方坐下来慢慢吃，那是一件很作难的事情。

有一天傍晚，因为办一件事情，错过了用餐时间，我赶到巷口的小餐馆时，正值民工用晚餐的高峰期。一家一家餐馆里都坐满了正埋头吃饭的民工，许多人还端着碗蹲在餐馆前的街道边。我要了一个馒头，要了一碗稀粥，端着碗在店里找了两个来回，也没有找到一个闲置的座位。已经熟识的老板娘边擦粘了一手面粉的手，边不好意思地跟我解释说："真不巧，没有座位了。"然后又征询地笑着给我解围说："要不，我让谁给你腾出一个座位来？"我还没有来得及阻止，她就对着店角一个餐桌上的人叫起来："王大山，你端上碗去外边吃去！"那个正埋头吃饭的人抬起头向我和老板娘这边望过来。那是一个五十来岁的汉子，虽说赤着脊梁的身板看起来还很壮实，但头发已经有些花白稀疏了。他局促地瞅了一眼端着碗的我，又瞅了正看着他的老板娘一眼，就端着碗站了起来，准备到店外去。我忙对他说："大哥，你坐吧，我到外面去！"就抢着走到了店外。

外面的确已没有了坐的地方，但站着吃饭我又不太习惯，心里试了几次，终于找到了一个空隙，我也像那些民工一样，端着碗蹲了下去。吃了几口，旁边的一个民工试着搭讪我，说："俺们这样习惯了，大兄弟这样蹲着吃真委屈了。"我笑笑说："委屈啥呀，前些年在农村老家，哪顿饭不是这样蹲着吃的？"

"啊，原来兄弟也是从农村出来的？"旁边的几个民工高兴地说。有人说："怪不得呢，要不兄弟能来这样的破地方吃饭？"有人说："咱农村出来的，就是跟城里的人不一样。"他们边吃边不停地七嘴八舌打听我的工作，我也边吃边问询他们在哪家工地做活儿，工钱怎么样，能否按时领到。一会儿工夫便熟络起来了。

后来，我也不再刻意避开那些民工用餐的高峰期了，去了，有座位就坐下吃，没有座位，就常常和那些民工一样，一手端稀粥，一手拿着馒头，和他们蹲在店外的街边边谈边吃。

深秋的时候，家里要装修房子，从城外拉回了一车的细沙，要从门外运送到三楼去。妻子说："这是出力的活儿，需雇几个有力气的民工来。"我说："我去找民工。"妻子说："你这人面软，不会砍价，如今这民工要价狠着呢。"然后她就去了，不一会儿便从巷口的街上带了几个民工过来。几个民工也不说话，立马就铲的铲扛的扛地干了起来。妻子得意地站在一旁低声跟我说："这一堆沙运到三楼去，别人家至少要掏五百元呢，我砍到了三百元。"

我笑笑说："谁能狠过你啊！"

沙子很快就运完了，那几个民工边拂打身上的沙尘边往外走。妻子掏了三百元递给一个年龄稍大的民工说："大哥，这是你们的工钱。"几个民工回过头看看妻子手中的钱，又看了看我说："不

用那么多，只收一百吧。"年龄稍大的民工立刻会意地笑笑说："对，不就一会儿的工夫嘛，一百元就不少了。"

妻子和我都愣了。见我们发愣，一位民工忙笑着解释说："大哥不是经常和我们平坐着吃饭嘛。"另一个胡须黑黑的民工也附和说："咱们都是打农村来的，要在咱们老家，这丁点的活儿，还收什么钱呢。"

"因为和他们平坐过？"我愣了，妻子更愣了。

平坐，或许是一种尊重；平坐，或许是一种亲近；平坐，或许是一种情感。在这个越来越诡异的世界上，我们常常抱怨别人的狡黠，我们常常抱怨别人对自己的不公，我们常常感觉自己身陷生活与社会的连环漩涡，但你想没想过放下自己，让自己同那些来自社会各角落的人平起平坐过一次？

庙殿中的菩萨高高在上，但是没有人去同他们亲近，乡间的老叟常常席地平坐，所以他们拥有五湖四海的朋友。

和你认识或陌生的人经常平坐吧，和你的生活和社会平坐吧，你会发觉，这个世界每颗心灵都有温度，这个世界的芸芸众生都有自己独特的光芒。

赤脚行走的母亲

那一年冬天，我患失眠症十分严重，常常是连续几天都睡不好哪怕半小时的觉。偶尔好不容易睡着了，但扑窗而来的一缕微风，或者窗外的一声鸟鸣、几声虫鸣，就会将我惊醒。连续的失眠，使我的身体明显地垮了下来，神色憔悴，身材消瘦，头发每天都大把大把地脱落，刚刚二十来岁的我，就像一个年逾六旬的小老头。

母亲和家人十分焦急，他们先是帮我去一个接一个地看医生，然后又去民间搜寻各种治疗失眠的传统验方，药治、食补，能想到的手段全用过了，但收效依旧不是很大。为了给我制造清静，母亲把她侍养的一群公鸡、母鸡送给了亲戚，让父亲把庭院里的那棵椿树也砍倒了，让鸟儿们不再赶来喧闹。甚至左邻右舍的邻居们母亲

也一家一家地去求过情，请大家说话、走动轻声些。偶尔我有了一点睡意刚躺到床上，母亲就欣喜万分地拎上一把小木椅，轻轻掩上门坐到庭院外，守住不让那些淘气顽皮的孩子到我家附近疯闹，把村庄里游荡的狗和那些会打鸣的鸡、鹅赶到远处去。

母亲是个爽朗的乡下女人，她喜欢大声地说笑，喜欢风风火火地走来走去，但我患病后，母亲一下子就变了，她用很低的声音在家里说话，走动也很轻，淘米、洗菜、打扫庭院等她都轻手轻脚地，如果不是每天母亲要提醒我吃饭、服药，家里静得几乎没有一丝的声音。

有一天我感觉到困乏得再也坚持不住了，刚刚躺到床上去，眼睛刚刚困难地闭上，一阵沙沙的细微声音又将我的梦惊飞得无影无踪，我起来走到庭院里，正在院子里轻手轻脚忙碌的母亲说："不是刚睡吗？怎么又起来了？"我埋怨母亲说："刚要睡着，你在院子里走动的声音又把我惊醒了。"

母亲顿了顿说："你回房间去，试试还能听见什么声音吗？"我回到我的卧室，紧紧地掩上门，竖着耳朵静静谛听了好一会儿，但除了听见自己的咚咚心跳，我没有听见其他任何哪怕一丝的声音。我问母亲说："你刚才在屋子里或院子里走动了吗？"

母亲说："走动了，你没有听到声音吗？"我摇摇头说："什么也没有听见。"母亲如释重负地嘘了一口气笑着说："那就好，那就好了。"果然以后的数十天里，我躲在自己的卧室中，而母亲在家里和庭院里忙碌，我却没有听到哪怕一丝丝低低的走动声。我不知道母亲是不是学会了无声无息地默默飞翔，闲不下手的母亲啊，忙碌不完的磕磕碰碰的家务，不知道她是如何静静做好的？

直到有一天飘了一场鹅毛大雪，夜晚父亲帮母亲烫脚，我听见父亲在低声埋怨母亲说："怎么把脚冻成了这个样子？这么冷的天怎么能不穿鞋？"

我跑过去抱住母亲的脚一看，果然冻得又红又肿，脚掌几乎肿得滚圆，一点也看不到脚腰了。那十个脚趾也肿得发亮，就像十颗又圆又亮的樱桃。我心疼地埋怨母亲说："怎么冻成这样了？你不是有棉靴吗？"

母亲轻轻笑着说："有棉靴啊。"

"那你怎么不穿呢？"我不解又不满地问母亲。母亲笑笑没有回答。站在一旁的父亲沉闷了一会儿说："还不是怕穿鞋走动有声音惊醒了你，这大半个冬天了，你妈妈在家里都是赤着脚忙来忙去的。"

"赤着脚？"我愣了。然后我紧紧抱着母亲的那双冻得又红又肿的脚哭了。许多时候我们可能不经意母亲都为我们做过些什么，但只要是我们需要的，母亲都会替我们去做。有时，为了我们一个微笑的幸福和满足，母亲们不知付出了多少的苦难和艰辛，但她们从来没向我们述说过，母爱许多时候都是赤脚行走的，就像天使在我们身边飞翔却没有一丝声音，就像阳光温暖我们却总是默默的，

就像花朵为我们热烈绽放却总是悄悄的。

真心无语，真爱无声，深深的母爱，需要我们时时用心灵去倾听。

离我们最近

那天晚上，要命的疼痛来得没有一丝的先兆。

七点多钟和朋友们在外边吃过晚饭回到家里，歪在客厅的沙发上看了一会儿电视，然后照例地提了一壶开水自己一个人走到了书房里，一卷散发着浓浓油墨清香的书卷刚刚摊开，忽然感到腹部有些隐隐地疼痛。我轻轻地左右扭几扭想活动腰身，但没想到疼痛立刻就加剧了。那种疼痛就像是蹲在铁轨上无能为力地感受飞驰而来的黑色列车，先是疼得浑身不停地战栗，但只是两三分钟的工夫，疼痛就一下子全部湮没了我。脸色瞬间变得蜡黄，五官被疼痛折腾得错位扭曲，豆粒大的汗珠一下子渗满了额头和脸颊，双腿哆嗦得站不起来了，我忙惊慌失措地向楼下的家人呼叫求救，妻子和孩子

一阵风似的从一楼冲了上来。妻子一边手脚忙成一团地照料我，一边吩咐同样惊慌得不知所以的小女儿拨打急救电话。但就在女儿刚走到座机旁边伸手去拨号时，刺耳的电话铃声就响了起来。女儿拿起电话，刚听到对方说话，就立刻说："我爸突然生了急病，我现在急着拨急救电话要救护车，你先挂了吧！"妻子问女儿谁挂来的电话，女儿边手忙脚乱地拨急救电话，边回答说："我爷爷从老家挂来的。"

急救车风驰电掣地赶来了，把我和家人送到了离家不到两公里的医院急诊科，医生很快就诊断出我患的是急性阑尾炎，病不大，但要立即手术。医生和护士去做术前准备的间隙，我想起了父亲刚刚拨来的电话，就嘱咐妻子说："给老家打电话，就说我没事儿，别让父母着急。"妻子转身走到病房外去拨电话，一会儿就回来跟我说："电话拨了，父母慌得要连夜往县城赶，我不让，让他们等明天再搭车来。"

是啊，深更半夜的，父母怎么能赶得来呢？老家距县城六十余公里，山高路险的，每天只通一趟班车，夜晚基本上没车通行，怎么能来呢？

手术进行得十分顺利，不到夜晚十一点钟的时候，我就被送回到安安静静的病房里，打了点滴进行静养。女儿因为明天早晨还要上早自习，被我和妻子劝回家了。妻子因为刚才一阵又怕又急的慌乱，早也身困体乏了，见我没事了，伏在病床边很快就睡熟了。

凌晨五点多的时候，病房的门被轻轻地推开了，我吃了一惊，走进门来的竟然是我年逾六旬的父亲和母亲。他们半白的头发已经被汗水彻底濡湿了，父亲头上蒸腾着丝丝缕缕乳白的热气，父亲的黑棉袄拎在手上，贴身的秋衣被汗水浸透了几大片儿。

"怎么来的？这时候咱们那里还没发班车呢？"一脸惊讶的妻子问。父母来不及搭话，只是惊慌失措地偎在我的床头询问病情，当他们确定我确实没事的时候，他们才彻底地松下了一口气，父亲如释重负地"扑通"一声瘫坐在病床边的那把木椅上，母亲边粗声喘气边揉自己的膝盖说："累死俺了，累死俺了！"

待他们稍稍安定下来，我才问父亲说："你和我妈怎么来的？咱们那里夜晚有顺风车搭吗？"缓过些劲儿的父亲咧嘴笑笑说："哪有车搭呀，你妈俺俩是跑着来的。"

跑来的？我和妻子大吃一惊，这么冷的天，六十余公里的山路，伸手不见五指的漆黑的深夜，又是如此年迈的一对老人。我有些心疼地埋怨父母说："不是说过了让你们明天搭车来吗？你们怎么能这么急？"

父亲又咧咧嘴笑笑说："谁的孩子生病了，他父母不是这么急？"母亲边揉腿边说："你爹说，孩子病得这么紧，别说是在县城，就是在北京咱也要连夜赶着去，早一分钟见到咱就早一分钟安心。六十余公里的路，能算远吗？这不，你爹俺们不是赶过来了吗？"

我的鼻子一下子就酸了。

　　是的，不论我们离父母多么远，父母的心都紧紧地系在我们的身上，我们幸福而风光的时候，父母们总是在沉默地欣慰着，我们成功而得意的时候，父母们总是在不声不响地替我们高兴和骄傲着，但如果我们有了忧伤和困难，他们总是第一时间就出现在我们的身边，他们距离我们总是那么那么近。

　　不管世界是多么大，不管天涯是多么远，只要我们有困难和需要，父爱和母爱总是离我们这么近，那是最小的计量单位也无法计量的近，那是给予我们温暖和力量的近，那是我们永远都不能忘却的近。

有一种温暖是恒定

我们的学校是一所封闭式管理的中学，每周只有周五的午时家长才可以和学生短暂地在校门口相见。周五的午时，学校大门口总是人山人海，被那些家长围得密不透风。

那年冬天，我在学校门口值班，每到周五时我都会遇到一个穿着黑色大袄的中年汉子，他不像其他的家长，总是给孩子手提肩扛带来许多好吃的和用的，他总是汗涔涔地匆匆赶来，就袖着手，隔着栅栏焦急地朝校园里张望。那个中年人的衣服十分破旧，脚上穿的是现在已经十分少见的黑布棉靴，但那靴已经被泥渍浸染得几乎看不出颜色。他穿的棉袄也很破旧，腋下和袖口几个地方都绽了线，裸露出了缝在里面的灰白色棉絮。但棉袄的扣子却钉得很密实，没

有一个掉落的。能从人山人海的家长中注意到他，一是我奇怪他每次都是急匆匆地空手而来，没有给自己孩子带些吃的和用的，二是他每次都把自己棉袄的扣子一直扣到脖颈处，并且胸部如鸡胸似的凸得很高。我也多次看到他的孩子，那是个几乎和他一般高的孩子，很腼腆，每次看到栅栏外的父亲，只是咧开嘴轻轻地笑一笑。他们的相见也很特殊，不像别的许多家长，隔着栅栏一边大声地一遍遍叮嘱孩子，一边从栅栏缝隙里给孩子塞吃的、用的。他们的相见，只是那中年人袖着手隔着栅栏朝校园里不停地张望，孩子来了，咧开嘴笑一笑，然后两个人有默契似的隔着栅栏一里一外地朝远离学校大门的院墙东南角走。半个钟头后，那孩子回到教室或宿舍了，那中年人也步履匆匆地离开了，只是他袄子的扣子也不那么好笑地一直扣到脖颈处，胸部也明显地低了下去。

又是一个周五，天空中纷纷扬扬地飘着鹅毛大雪，家长们又人山人海地涌到学校门前探望孩子们，那个中年汉子也来了，他的头上和背上落了很厚的雪，甚至连眉毛和粗糙的胡须也被雪给染白了。奇怪的是他并不打理头上和脸上的雪，只是不停地拍拂自己胸口上的那些落雪，仿佛连一粒雪花都不让飘落或融化在自己的胸口上。他在栅栏外张望了没一会儿，他的孩子就来了。孩子咧嘴朝他笑笑，两个人便顺着栅栏向院墙的东南角走去。

我不知道这对父子每次相见都要到东南角去做什么，也不知道那个中年人为什么来时胸部像患有鸡胸一样，而走时却一如常人呢？

我很好奇，便佯装无意地跟了过去。

在院墙拐角的地方，那对父子终于停了下来，父亲小声地问询了几句什么，便开始一颗一颗解他棉袄胸口的扣子，棉袄解开后，他又解贴身的内衣，解了好几层，终于解开了，父亲从贴身的胸口掏出一团塑料袋紧紧包裹着的东西，他手指僵硬地把塑料袋打开，笑眯眯地说："猪肉粉条包子，香着呢！"边说边要从栅栏缝隙里递给他的儿子，但马上又缩回手来，从袋里掏出一个雪白的包子说："一个一个地吃，俺先给你暖着，要不一会儿全凉了。"说着便把塑料袋裹了裹又翻开棉袄和一层层的衣服，把那些包子藏了进去。孩子边狼吞虎咽地吃，那中年汉子边絮絮叨叨地和孩子说着什么，一个包子吃完了，他就小心翼翼地从胸口处再掏出一个给孩子。

我踱了过去说："怎么站在这儿呢？这里风大。"那个中年汉子忙惊恐地笑笑说："不碍事的，俺穿得厚实着呢。"见我看见他从胸口处往外取包子，汉子有些不好意思地笑笑说："俺家是乡下的，孩子在这里读书，俺在城里建筑工地上打工，人家来探望孩子买这拿那的，俺经济不宽裕，只能给孩子带点家常饭，怕凉了，就揣在怀里，每次都是热乎乎的呢。"

我的心顿然有些热起来，夸那个汉子说："大哥，这办法挺好的。"又转身对孩子说："我就在门口的值班室里，如果你有饭菜放凉了，以后尽可来找我，叔叔会帮你想办法的！"

我不知道一个人的体温能把食物暖得有多热，但我知道，如果

把一个人或一件物紧紧揣在贴心的胸口上，那么它们永远也不会凉。

爱是一种不会冷却的恒温，它会给我们储下穿透一生的温暖。

给妈妈的音乐

那天天气阴冷，街上的行人不多，他凌晨就驾驶着他的那辆洒水车，在小城的街道上忙碌地洒水。他要早早地将每一条街道都洒完水，他的许多亲朋好友已经约好了十点钟都聚到他的家中来，因为今天，是他 12 岁女儿的生日，他还要到水产品市场上去买鱼、买肉，到农贸市场上去买一些青菜，还要赶在十一点之前去蛋糕店，取回他昨天就给女儿定做的生日蛋糕。女儿是很喜欢大蛋糕的，喜欢插上七彩的蜡烛，在烛光摇曳中嘟起她的小嘴唇，轻轻地吹灭那些象征她自己年龄的小蜡烛，当然，客人中会有女儿的几个小同学，她们都是她最要好的朋友。女儿说："爸，别看你是驾洒水车的，可我知道你其实就是一个环卫工人，我的生日，咱就不去什么大酒店、

海鲜楼了，节俭一点，做几个菜，买上一个大蛋糕在家里办就行。"
他真为女儿的懂事而高兴。他想，自己把这最后的几条街道洒完，
就骑上车去买菜，去蛋糕店取蛋糕。

他的洒水车有十几种音乐，平常的时候，他会一盘一盘地换磁带，
让不同街段上的市民们听到不同旋律的音乐，可今天不同，今天是
自己女儿12岁的生日，他要一路上都放那曲《祝你生日快乐》，他
要把女儿生日的快乐洒到这个小城的每一条街上和路上，让整个小
城都沉浸在女儿的生日快乐中。要知道，自己只是一个普通的洒水
车司机，能给女儿意外之喜的，也许就只有这一点点便利了。

他合着节拍轻哼着《祝你生日快乐》洒到一条街道时，一个小
男孩突然拦住了他的洒水车，任凭他怎样示意。那小男孩还是一点
都没有让开的意思。那是一个只有六七岁的小男孩，衣衫褴褛，一
只脚穿着鞋子，而另一只小脚丫赤裸着，小男孩的小脸上浮着一层
灰灰的煤灰，只有小小的牙齿和瞳孔闪烁着白色。他放慢了洒水车
本来就十分徐缓的车速，隔着驾驶窗的玻璃，再三微笑着让小男孩
让开，但小男孩像没有看见似的，只是向他洒水车驶过的那条街道
上张望着。这时，街道两旁的行人们都停下了脚步，好奇地望着他
的洒水车和那个拦车的小男孩。

他停下车来，但他并没有关上车上的音乐，《祝你生日快乐》
的旋律仍然在徐徐地飘荡着，他跳下驾驶室，快步走到小男孩的身边，
他想这个小家伙或许是个聋子，什么都听不见呢。他走到小男孩的

226

身边，弯下腰去，摸着小家伙的脑袋笑眯眯地说："小家伙，到一边去，叔叔还要洒水呢。"

小男孩看了看他，又朝远处张望了一下，恳求地说："叔叔，你能再稍等一会儿吗？"这时，他才发现，这个小家伙除了脏一点点，其实还是挺聪颖的。小家伙的头上汗津津的，蒸腾着一缕缕雾状的白气，从额顶蚯蚓般淌下的一丝丝汗水，在他的小脸上冲出一条条弯弯曲曲的汗痕来。小男孩不好意思地笑着说："叔叔，我已经追着你的洒水车跑了两个街区了。"

"追洒水车干什么呢？"他问还不停喘着粗气的小男孩。小男孩说："叔叔，洒水车的音乐真好听，是《祝你生日快乐》。"他笑了笑说："就是为了追着听音乐吗？"

小男孩点了点头，又很快摇摇头说："是想让妈妈听的，叔叔你知道吗？今天是我妈妈的生日，可我又没有什么礼物送给她，我就想送给她这个音乐，我知道的，许多人过生日都放这一首歌。"小男孩又瞪着他又黑又亮的小眼睛恳求他说："叔叔，能请你再等一会儿吗？我想我妈妈马上就赶上来了。"

妈妈的生日，送给妈妈一首《祝你生日快乐》？他望着眼前这个汗津津的小男孩，心颤了一下，一股热热的东西在心里汹涌了起来。他想起自己还要去买鱼、买肉，还要去蛋糕店去取生日蛋糕，但他还是微笑着对期盼地望着自己的小男孩说："小家伙，祝你妈妈生日快乐！"小男孩听出来他答应了，高兴地笑了。

一会儿，他果然看见了一个妇女向这边匆匆跑来，近了的时候，他看见那妇女的衣服也很褴褛，在风中跑着的时候，她身上被风扬起的布片像一面面小旗，那妇女从人行道上挤过来，步履匆匆满脸歉意地向小男孩和他跑过来。他顿然明白了什么，当妇女气喘吁吁地站在他旁边紧紧拉着那个小男孩时，他微笑着对那妇女说："祝你生日快乐！"

妇女惊愕了，但转瞬就满脸幸福地紧紧搂住那小男孩笑了。他跑向驾驶室，把音量开得更大些，顿时，满街都是《祝你生日快乐》的幸福旋律。

他走到街边的小商店的公用电话亭边，打电话告诉妻子说，自己现在有一件十分重要的事情耽误一下，让妻子代他去买菜、买蛋糕。商店的老板问："那小男孩拦你的洒水车干什么？"

他笑了笑说："小男孩的妈妈过生日，小家伙没有什么礼物，他要送给妈妈这首《祝你生日快乐》。"

"哦？"店老板顿然呆了，但马上跟他热情地说："太谢谢你了！"似乎那小男孩就像是店老板的孩子。

他又驾上洒水车走的时候，街两边许多卖音响的商店里都飘起了和他的洒水车放相同的歌——《祝你生日快乐》。他的眼睛湿润了，他听见，似乎前边的许多地方，都在播放《祝你生日快乐》，仿佛今天整个小城都在庆祝生日。他想，女儿今天肯定会接受这一个意外的生日礼物的，这是一件多么让人一生难以忘怀的礼物啊。他的洒水车徐徐向前行驶着，像洒下一注注清凉的水一样，播洒下了一街幸福的《祝你生日快乐》。

他觉得，这是一支全世界最动听、最迷人的旋律。

母爱如盐

一个年轻人负气出门远游，其实很不值得，他不过是被自己的妈妈轻轻责备了两句而已。但年轻气盛的他，却没有告别一声自己的家人，就一个人悄悄离家出走了。

一天，年轻人来到一个偏僻的小山村，他又冷又饿，已经整整四天没有吃到东西了，在泥泞的村口，他眼前一黑"扑通"一声晕倒了。

醒来的时候，他躺在一个温暖的床上，额头上放着一张浸了温水用来给他降温的毛巾，一个头发花白的老太太，正坐在床边给他一勺一勺地喂姜汤。可能是担心姜汤太烫，每当喂他前，老大娘总是轻轻地对着汤匙吹几口气，然后才小心翼翼地一口口喂给他喝，看着老太太那一副慈爱的模样，他的鼻子蓦然酸了，两颗晶莹的泪珠慢慢涌上了他的眼角，他哽咽着对老大娘说："大娘，谢谢你！"
老大娘笑眯眯地说："醒来就好，出门在外的，哪用这么客气呀。"

　　夜里，窗外飘着鹅毛大雪，他刚刚闭上眼睛想甜甜地睡去，忽然听见门"吱"的一声轻响，老大娘蹑手蹑脚地进来了，轻轻给他掖了掖被角。看着额上落满雪花轻手轻脚生怕惊醒了他的老大娘，他终于忍不住"哇"的一声哭了起来，紧紧拉着那位老大娘的手说："大娘，真的谢谢您了！"接着，他便如实告诉了老大娘自己离家出走的缘由。老大娘静静听完他的话，怜爱地叹息一声说："你真是个傻孩子呀！"老大娘顿了顿，对他说："我不过就为你做了一顿饭、掖了一次被角，你就这么感激我。可是有人给你做了记不清多少次的饭，给你掖过了几千次被角，可你感激过她一次了吗？"给自己做过数不清多少次的饭，给自己默默掖过了几千次被角？这个人是谁呢？他怔了，不解地望着立在床边的老大娘。

　　老大娘笑着对他说："这个人就是你妈妈呀。"老大娘问他说："你妈妈为你做了那么多，可你曾对她说过一句'谢谢'吗？"

　　他愣了，是的，妈妈为自己做了那么多，付出了那么多，自己真的至今连一声"谢谢"都没说过。愧疚的泪水渐渐涌满了他的眼眶，为眼前这位萍水相逢的老大娘，更为那一个神圣而温暖的词语：妈妈。

　　我们曾经感激过许多相识或不相识的人，我们曾经为一件件的事情而心存感激，但我们谁曾对自己的妈妈由衷地说过一声"谢谢

您"呢?"

　　妈妈的温暖就像阳光,沐浴其中,我们却从未想到过感激。妈妈的慈爱就像最细碎而晶莹的盐粒,我们一日三餐安然品味着它的芳香,却在菜肴里从没有看到过盐粒的光芒。

　　母爱在我们的身边时时荡漾,就像盐粒入水。它那么默默无闻地滋养着我们,我们却永远不曾留意它那纯美的晶莹。感受世界,感受一切,我们必须从感受母爱开始。

母爱的颜色

那是女儿不满一周岁时的事情了。

那时，女儿的体质特别弱，可以说女儿的一周岁是伴着汤匙里的药度过的。那一次，又瘦又弱的女儿病了，在医院里住了一个多星期，那是农历腊月的时候，是北方最冷的一个月份，窗外的雪，已经纷纷扬扬一连下了几天了，院子里的积雪白皑皑的，许多人家的屋檐上，都挂着一根一根白蜡似的冰凌。

连续几天的点滴，已经让女儿的腿上、小胳膊上布满了密密匝匝褐红色的小针痕，那天半夜的时候，女儿的病突然加重了，呼吸困难不说，还伴着一阵阵可怕的抽搐，我和妻子吓坏了，忙去值班室喊值班的大夫和护士，她们很快就来了，紧急地给女儿诊断，又

取来了输液的药。个子矮矮的女护士开始给女儿扎针，她看了女儿的一双小胳膊，能扎针头的地方，已全是密密麻麻的针眼痕了。她又看了看女儿的那一双瘦瘦的小腿，也全都是密密麻麻的针眼痕了。实在没有办法了，她又把针头扎在女儿的右胳膊上，但马上就觉得不行，又把针头拔了出来。她每扎一次，昏迷的女儿弱小的身体就哆嗦一次，我和妻子的心也就跟着哆嗦一下，就像那针头扎在我和妻子的心尖尖上。尤其是我妻子，她是个十分胆小的女人，一见鲜红的血就心跳加速，所以那个矮矮的小护士扎针的时候，她都恐惧得连忙扭过脸去。

针扎上，不行，马上又拔了出来。

又扎了，还是不行，又拔了出来。

小护士太紧张了，鼻尖上紧张得出了一层密密的细汗，握着针头的手也开始有些颤抖了。她暗暗吸了两口气，镇定了片刻，在女儿的胳膊上又扎了一次，但马上又发觉不行，立刻又将针头拔了出来。

看连续这么多次都没有扎成功，我的妻子心疼自己的女儿心疼得终于忍不住了，她哭着吼小护士说："连个针头都扎不上，你还当什么护士，走开，你不行，快换一个行的来！"小护士被妻子的一阵大骂吓坏了，她拿着针头望着我和心急如焚的妻子手足无措，很快，眼角旁就汪上了两粒泪水。听到病房里传出的喧闹声，许多病房里正休息的病人都忙披衣赶了过来，他们把脸贴在门扉的玻璃透视窗上向病房里静静地张望着。

　　这时，门"吱呀"一声被轻轻地推开了，进来一个睡眼惺忪的中年女人，她个头不高，胖胖的，戴着一副宽边眼镜。一看见她，病房里的几个大夫和护士都有些惊慌地说："沈专家，把您给惊醒了？"那中年妇女笑笑，就询问我女儿的病情，然后轻声问："怎么回事？"被妻子骂得几乎要哭的那个矮个子小护士忙说了输液的针头怎么也扎不上的事儿，中年妇女"哦"了一声，就从矮个子护士手中接过针头。

　　她试着扎了一次，不行，忙又将针头拔了出来，她又扎了一次，还是不行，又连忙拔了出来，我和妻子的心随着她每扎一次的动作紧张地哆嗦着。

　　她皱着眉头，对着我小女儿的胳膊思索了良久，然后将细细的针头又刺了进去，但还是不行，她又拔了出来。

　　妻子终于又忍耐不住了，她望着昏迷和抽搐的小女儿哭着又骂起医生说："连个针也扎不好，还当什么医生！"旁边的一个值班医生忙向我妻子哀求说："这位是省城来的专家，别骂人家。"妻子一听，更火了："什么专家，连一支小小的针头都扎不上，连做护士的资格都不够，还能是什么专家！"我忙一边劝妻子一边安慰那位女专家，我看见那位专家的手也有些发抖了，她的脸上堆满了焦虑和委屈。我将妻子轻轻拉出病房，让她在漆黑走廊的椅子上坐下，说："你冷静一些好不好？你看，那专家也差不多和咱妈一样的年龄了。"

妻子坐在走廊里嘤嘤地哭，我理解，那是做妈妈的一种心疼和焦虑。

又扎了几次，终于在女儿额顶的地方将输液的针头扎上了。看着一滴滴的药液轻轻在输液管里滴答着，大家都不禁长长地嘘了一口气。那位专家抬起头来，她满是细细皱纹的额头上已是一片银亮银亮的细汗了。

第二天刚吃过早饭，她又到我女儿的病房里，女儿的病势已经明显地减轻了，小小的鼻翼轻轻翕动着，睡得正甜呢。她看过女儿后，开了一张处方说："病情已经控制住了，再输两天的药就可以出院了。"我不好意思地为昨天的事替妻子向她道歉，她笑笑说："你妻子没错，根本不用道什么歉。"

我解释说："她骂了你。"她笑着望着我说："如果我是孩子的母亲，我也一样会骂的。"她顿了顿说："母亲的心思只有母亲们才能理解。"

后来，我才听医院的医生说，她是一个十分著名的医学专家，到我们这小城里来了三天就走了，医生们向我开玩笑说："她可能从来没被患者或患者的家属骂过，你妻子是骂她的第一个人。"

我笑笑，我知道她是不会计较我妻子骂过她的，因为她说过她也是妈妈。

母爱是一样的，母爱是最容易沟通和理解的，或许天下的母爱都是雪一样洁白的，也或许都是海水一样湛蓝的，或者是芳草一样碧绿的……

　　因为世界上所有的母爱都是同一种颜色的。

母亲的生日

下雪的那天，父亲和母亲突然从乡下来了。父亲身上背着一个包裹，两只手上还提着两个包裹，母亲背上也背着一个很重的包裹。他们的头上、身上和包裹上落了厚厚一层雪，甚至母亲的额际上和橘黄的稀疏发梢上，都凝了一层晶亮晶亮的冰凌。

我和妻忙接过他们的大小包裹，招呼他们赶快坐到火炉旁，手忙脚乱地给他们拂去身上的落雪。我让妻赶快给他们做饭，吃了热乎的饭好暖暖身子。父亲笑呵呵地坐在火炉旁，搓着一双冻僵的老手没说什么。母亲照例又说："我现在不想吃饭，头晕，先睡一会儿。"说着就去隔壁的房间蒙头睡了。我问父亲说："我妈还是晕车？"父亲说："还是又晕又吐，走一路吐一路，吐得一塌糊涂。"母亲从来就晕车,她坐车简直就是受罪,又晕又吐的,况且晕一次车最快也需要两天才能缓过劲儿来。母亲每次坐车前也都服过几片晕车宁什么的,但那种药片对母亲不起任何作用,别人服一两片的就好,而母亲一次服下四五片,却依旧晕车晕得不行,我有一次同母亲一块儿乘车,见母亲又晕又吐的,最后胃里的食物吐净了,吐的都是些又黄又绿的黏液,我的心也揪着疼,劝母亲说:"以后您别再乘车了,我们抽时间回老家看您,您瞧,您都吐成什么样了!"

我埋怨父亲:"我妈晕车晕得这么厉害,又是下雪天,您二老来城里干啥?再过一个多月就过年了,我们回老家看您二老不就行吗?"父亲说:"俺也是这样对你妈说的,可你妈非要来,她说明儿个就是你的生日了,怕你们忙,把你的生日给忘记了。"

"生日?明天是我的生日?"我一愣,起身翻开桌上的台历一看,还真是呢。整天在单位里忙,要不是父母赶来,我还真是要把自己的生日给忙忘了呢。父亲打开包裹,取出一桶辛辣臭豆腐、一罐辣子油、一瓶煮黄豆腌腊菜,还有母亲给我做的千层底棉靴、给我的小女儿缝的一条花棉裤,父亲说:"你爱吃的东西,你妈都给你备下了。"

夜里,母亲没吃饭,头还是晕得厉害,躺在床上直呻吟,不过,已经稍好些了,母亲说:"刚下车那会儿,我头晕得都有些麻木了,现在好受多了,只是还有些晕,脑仁儿一跳一跳地疼。"母亲遭这么大的罪,冒着大雪迢迢赶到这么远的县城,只是来给自己三十多

岁的儿子过生日。我想想，眼泪就流出来了。

热热闹闹地过罢我的生日，父亲、母亲在我这里小住了几天，就吵着要回家了。我劝母亲说："您坐车晕车，来一趟不容易，就多住些日子吧。"但母亲怎么也不肯再住下去了，她说家里有鸡、有猪，她要回去喂它们呢。怎么也劝不住，他们匆匆回家了。

春节时我携妻女回老家，偶尔在一个抽屉里看到了我家的户口簿，便信手翻了起来。我和妻的户口早迁到城里去了，户口簿上只有父母亲和弟弟的。细心的父亲将我和妻女的出生年月写在一张红纸上，牢牢地贴在那本户口簿里，说实在话，我以前从不知道父母的出生年月，更不知道父母的确切生日，那天翻了户口簿，看到了母亲的生日，我的心忽然就酸了。母亲的生日是农历十一月二十四，而我的生日是十一月十五，仅仅相差九天啊，母亲甘受晕车之苦冒着鹅毛大雪来城里给我过生日，而在她过生日的前几天，却又悄无声息地回老家了。

我的泪水默默地从眼眶里涌了出来，一颗一颗吧嗒吧嗒地落在了户口簿上，妻过来问我难过什么，我让她看户口簿上我的出生日期和母亲的出生日期，妻一看就明白了，泪也流了出来，说："母亲年年给他儿子热热闹闹过生日，可她自己的生日却是不声不吭的，母亲的生日和你的只差九天啊！"

是的，每一个母亲都刻骨铭心地记得自己每一个儿女的生日，而又有多少儿女能准确知道母亲的生日呢？儿女是母亲身上掉下的一块肉，这块肉长大以后，就渐渐和母亲疏远了，而这块肉却永远揣在母亲的心里，像脉搏跳动一样被母亲惦记着。儿女们庆贺自己的生日，又有几人意识到，那恰恰是母亲分娩受难的日子啊！

我尊重所有知道自己父母生日的人。

让我长大的一句话

17岁那年秋天，我高中毕业了，和父亲站在一块儿，我的个头儿差不多和父亲一般高了，因为高考落榜，我整天和村里的几个小青年厮混在一块儿。

家里的人对我忧心忡忡。

秋末的一天上午，我和这群小青年在村东头遇见了城里来的一个鸡贩子，我们拦住他纠缠，鸡贩子一副不屑和我们纠缠的样子，说："我还要收鸡呢，没时间和你们这群孩子磨牙。"

我们哈哈大笑起来："爷们儿，你怎么知道我们就不卖鸡？"

被纠缠得无法脱身的鸡贩子十分不耐烦地说："瞧你们都还是群毛孩子，能擅自做主卖你们家里的鸡吗？还不是挨家长的揍！"

这几句话搅得我们这帮子年轻人火起,纷纷拍着胸脯说:"别以为我们做不了主呀,今天我们非把鸡卖给你不可!"于是纷纷自报自家要卖几只鸡,并个个充起买卖行家里手的模样,和鸡贩子七嘴八舌地讨价还价。

最后我们谈定一只鸡两元,我让鸡贩子就坐在村头的古槐树下等我们,我们各自回家捉鸡来。

我将家里的 12 只鸡五花大绑着提到古槐树下,大大咧咧地把鸡摔在鸡贩子的面前说:"数数吧,12 只鸡,连一条鸡腿都不少!"鸡贩子眉开眼笑连声直叫:"好好好,我这就付钱给你。"

这时,刚好父亲和母亲从地里挑粪归来,一看到我家那五花大绑堆在地上的公鸡、母鸡,母亲立刻惊叫起来。我知道这每一只鸡都是母亲一粒米一粒米一天天喂大的,现在,是我们家的银行呢!一家人的油盐酱醋全靠这几只鸡了。母亲说:"你怎么能卖鸡?"

我不理睬母亲,乜斜着眼对惊慌失措的鸡贩子说:"给钱吧!"

鸡贩子迟疑地对我母亲说:"这鸡……还卖吗?"母亲说:"这都是正下蛋的鸡呢,我们不卖!"

"卖!"这时父亲从人群后挤过来果断地拍板说,"就按你们刚才说定的价格卖吧。"母亲不解地看着父亲说:"鸡卖了,以后油盐酱醋从哪儿来?一只鸡才两元钱,平常一只鸡最少也要卖六块钱的呀!"

"两元?"父亲愣了一下,又转身问我说:"这价钱你们刚才

说定了？"我才知道，刚才自己几乎做了一桩太亏本的买卖，我有些不好意思地说："是两元钱一只。"

鸡贩子这时忙讪笑着对父亲说："如果两元不行，再商量商量，六块钱一只行不行？"父亲叹了口气说："价钱是太低了，可是你们刚才已经说定两元钱了，怎么能反悔呢？就按你们说定的卖。"鸡贩子一愣，但马上就掏出一沓钱数数递给父亲说："就按一只6元钱吧，这是72元钱，你数数，你数数。"父亲把钱推回去说："一只两元钱，12只24元钱，多一分我们也不要，已经说定了的，不能说反悔就反悔了。"

鸡贩子把24元钱递到父亲手里，慌慌张张地挑起鸡笼子溜走了。父亲轻轻拍了拍我的肩膀说："你已经17岁了，不再是个孩子了，说出的话，就如同泼出去的水，怎么能随便就反悔呢？长大了，就要对自己说出的每一句话、做下的每一件事负责，人不这样，怎么能活成个顶天立地的人呢？"

品味着父亲的话，陡然间我觉得自己长大了，已经一步跨过了孩提和成年的界线，变成了一个说话掷地有声、对自己所言所行负责的汉子。

我永远都不会忘记自己这特殊的成年仪式，在村头的老槐树下，12只鸡，24元钱，还有父亲那慈爱而严肃的脸，那随风飞向远方的一句句朴实而铿锵的话……

爱的声音

医院里来了一位病人，她是一位四十来岁的女人，她身材高挑，虽然年过四十，但面容依旧姣好，穿着也十分整洁和得体。令人遗憾的是，她是一位盲人，虽然她的眼睛很大、很漂亮，但她却什么也看不见。

她的丈夫是一个又黑又瘦的男人，不怎么爱说话，看上去有些腼腆，令医生和护士们奇怪的是，这个男人走路或晃动时，身上就会响起一串串清越的铜铃声，他每走一步或动一下身子，铜铃都会叮当地发出脆响。一个护士留心才发现，那个铜铃就缀在他的袖口上，铜铃不大，只有樱桃般大小，黄闪闪的，就像一颗铜纽扣，医生和护士们都感到很奇怪，这世界上有戴项链、手链和戒指做装饰的，

但却从来没有见过谁用铜铃缀在衣袖上做装饰的，私下里医生和护士们猜测说："那或许是个用黄金打制的铃铛吧，那么精致，响得又那么动听和脆亮。"

每当那男人从走廊上走过的时候，所有的人都会很惊异地望着他；这个男人身上怎么有铃铛响呢？那男人也不解释，只是腼腆地笑笑，飘一串叮当铃声就走过去了。护士们很好奇，有想向男人打听他为什么戴铃铛的，但话到嘴边就被医生用眼神阻止了，医生说："每个人都有自己的隐私和爱好，不允许向病人或病人的家属打探家人的私事！"

终于有一天，轮到这位盲人做手术了，她的丈夫和一群护士将病人推到了手术室门口，护士让这个男人停下来，然后就推着盲人进了手术室，当主刀的医生和护士们准备手术器械的时候，向来十分文静的盲人却变得焦躁不安起来，任医生和护士们怎么劝也不行。医生和护士们怎样苦口婆心地劝说，躺在手术台上的盲人也安静不下来，她不是在手术台上焦躁地拼命扭动，就是歇斯底里地又哭又叫，闹得医生和护士们一点办法也没有。

正在大家束手无策的时候，手术室守门的护士推门进来了，她告诉主刀医生说："门外病人的家属在拼命敲门，要求立刻见你。"主刀医生听了，马上放下手中的器械走了出来。

敲门的正是那位盲人的丈夫，他一脸歉意地说："对不起，我忘了一件事情。"说着，他从袖口上取下那枚铜铃说："做手术时，

246

得用上这个，要不，她是很难配合的。"主刀医生很不解地说："我们做手术，要铜铃做什么呢？"

那个男人说："她的眼睛看不见，每天不听到铜铃声，她都会坐卧不安的，我们结婚二十多年了，她一直都是在这铜铃声里生活的，听到铃声，她就知道我就在她身边，就什么也不怕了，听不到这铃声，她就会害怕的。"男人顿了顿，又不好意思地说："做手术对她来说是个很可怕的事情，我不在她身边她是不会配合的。"主刀医生为难地说："可是做手术时，除了医生和护士，别人是不能进入手术室的。"

那个男人说："这我知道，我想请求您的是，在给她做手术的时候，能否让一个护士站在她身边晃动这个铃铛呢？只有听到我的铃铛声，她才可能安静下来，她才不会害怕的。"

主刀医生同意了，他小心翼翼地接过那枚纽扣般大小精巧又锃亮的铜铃，当铜铃声在手术室里响起来的时候，手术台上的病人马上变得十分安静了。

这是一次十分特殊的手术，当一群医生和护士在无影灯下紧张地忙碌时，一个护士站在手术台边不停地轻轻晃动着铃铛，那铃铛声叮当不疾不徐地在手术室里飘荡着，像是一曲美轮美奂的音乐，又像是一缕缕和煦而温暖的拂过心田的微风，像是一首熟稔又温馨的歌谣，又像一句句温情而缠绵的呢喃……

这是一次难忘而成功的手术。当病人被静静地推出手术室时，

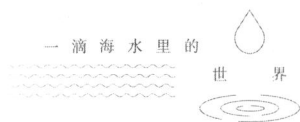

她安详地睡着，嘴角荡漾着一抹安详而幸福的笑意。手术车推到手术室门口时，年迈的主刀医生破例对正焦急不安等在门口的那位男人说："来，我推手术车，你晃铃铛吧！"男人高兴地接过铃铛，在主刀医生的缓缓推动中，轻轻晃动着那清越而动听的铃铛，病房楼的走廊上飘荡着一串串不绝如缕的轻轻的铃铛声，护士、病人家属，甚至许多病人都拥出来，他们静静站在走廊的两边，羡慕而幸福地谛听着那清越的铃声，像在谛听微风，像在谛听阳光，又像在谛听一种生命静静荡漾的幸福，那一串串轻轻的铃声，让每一颗心都深深地沉醉着……

这是一种爱的声音，这是一种心灵的声音，这是世界上无与伦比的一种音乐，是一首诗的诗韵，是花朵绽开的声音，是金黄的阳光轻轻飞翔的声音……

打动心灵的，才可能打动世界；打动心灵的，才可能祈祷到幸福。不管是一句话、一缕风，甚至是一串轻轻的铃铛声，只要它是爱的声音，它肯定就是世界上最美的声音，它肯定就是幸福的声音。

名字

　　母亲是个不识字的农村人，村里办过几次扫除文盲班，次次要她放下农活儿去上学，但母亲总是找出一张纸和一支笔来，当着那些干部的面刷刷利利落落写下几个字让他们看，还说："谁说俺不识字？瞅瞅咱这纸上写的是啥？"弄得动员她的干部们大眼瞪小眼，讪讪地说："原来你识字啊，不是文盲啊。"母亲说："俺咋能是文盲呢？俺还常给南阳的亲戚写信呢！"

　　干部讪讪地走了，母亲得意地蹲在院子里直笑，其实母亲是文盲，她只识得十五个字儿，那十五个字儿是我们一家五口人的名字，是母亲跟着父亲在灯下学的。在田间地头做活歇息的时候，母亲常常随手捡一根枯树枝儿，在地上一遍遍地写这十五个字儿，天长日久，

那十五个字儿竟被母亲写得像模像样的，连常给乡亲们写对联的父亲也夸奖说："写得还行，有功夫。"难怪来动员她的干部们见她眨眼的工夫就写了十几个有棱有角的字儿，就十分相信她不是文盲呢。

每次在地上练完字儿，母亲总是小心翼翼地用手掌将地上的字抚平。我们笑她说："不用拿手抚，过几天走几拨人、刮几阵风、下一阵雨，那字就没了。"母亲说："咱家人的名字怎么能任人用脚踩呢？你们的名号占了这几个字儿，你们就得爱惜它。"

那年我在报纸上发表了第一篇文章，拿给母亲看，母亲欢喜得不得了，一个劲儿地夸："有出息有出息，都把你的名号弄到报纸上去了。"接着，她又是杀鸡又是做菜，搞得比过年还热闹。母亲将那张报纸藏在她自己的箱底，用红绸布包了一层又一层，说："咱一个山里人，能把自己的名号弄到城里的报纸上，那容易吗？"一脸的骄傲和自豪。

初到城里上班的时候，我隔三岔五就给市报写篇稿去，稿子一篇又一篇地发了，有的我存了样报，有的样报我看过随意地一放就丢了，有次我回到老家，到家里没见母亲，就问父亲："我妈呢？"父亲想了想说："可能这会儿还在村委会呢。"我问母亲去村委会做啥，父亲说："她每隔三五天就跑村委会一次，做啥？去翻报纸。看报纸上有你的名字没有。"我眼眶有些发热，自己写的文章，我自己向来都没这样看重过，发了就发了，随手一看就随手扔掉了，可母亲竟这样看重它。母亲对我说："再写文章了，往省城寄，往北京寄，别老在咱们南阳这小地方打转转，让咱的名号也印到北京的报纸上，给咱在北京露露脸。"母亲认为，北京了不起，北京的报刊也了不起，能在北京的报刊上发几篇文章就是很了不起的事情了。

有一阵子我赶时髦，也给自己取了笔名，母亲听我的小女儿说后，就十分生气，数落我说："怎么能胡乱给自己起名？是不是你的文章写得不好了，怕别人看见了名字笑话你？还是怕别人看了你的文章骂你？"我苦笑着解释，母亲正色说："写文章是光荣的事儿，怎么连自己的真名都不敢用，跟做贼似的，编了个假名，那还写什么文章？大丈夫行不更名，坐不改姓，自己做事自己当，怎么能偷偷摸摸的？！"我给她解释不清，只有在心里苦笑，不过听了母亲的一顿数落后，我就决计再也不用什么笔名了，母亲说得对，大丈夫做事要堂堂正正，自己写的文章却署了一个假名字，像做贼似的，连署自己真名的勇气都没有，那还写什么文章呢？

去年春天，我回家探望年迈的父母。那天太阳暖融融的，我帮母亲将家里的衣服、被褥搬到院子里晾晒，取母亲那个紫檀木箱子里的衣服时，在箱底翻到一团红丝绸包着的厚厚包裹，这是母亲的什么压箱宝贝呢？我很好奇，就把它取出来摊在床上，解下一层又一层，最后解开的时候，竟发现是一堆纸条，一条条大小不一，看得出来是用剪刀小心翼翼裁下的，每一条纸上都是我被铅印的名字，

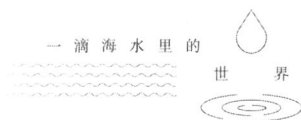

足有一两百条。我问父亲，父亲咧咧嘴笑笑说："那都是你妈这十几年从村委会的报纸上裁下来的，为了能让裁下来，你妈给村上的干部说了不少的好话。"我劝母亲以后别去裁了，母亲说："怎么能不裁？那上面都有咱的名号，咱不裁，那报纸都被他们卷了烟吸、包东西用了，糟蹋了咱的名号呢。"

捧着那堆印着我名字的报纸，我好久说不出一句话来，一股温热从心里一下涌到了眼眶里，母亲，我是你有血有肉的儿子，那被我名字占用的三个字，也是你的儿子啊！

爱的位置

　　每次在街上散步的时候，他都走在她的左边。他没有什么话，从来都是默默的，偶尔她走得太靠马路中间的时候，他才会轻轻地提醒她一句："往边上走，靠右一点。"

　　她总觉得他有些好笑。左边当然是车水马龙的大街，车辆和行人川流不息，当然也常常有几个她熟识的人，遥遥地向她摆手、打招呼，她呢，因为中间隔着他，只有稍前或稍后地探探身，向熟识的人或朋友们摇手致意。

　　有一次，一个多年不见的男同学在街上遇见了正在散步的他们，男同学很兴奋，远远地就大声喊她的名字，挥着手向她致意。她当然也很高兴，灿烂地笑着，边举手致意，边一个箭步从他的身边闪

了出来。忽然，一双大手紧紧地抓住了她的胳膊，很霸气地又一把将她拉到了他的右边。她解释说："那是我的老同桌，好多年都没有见面了。"他"哦"了一声，没有说什么。

她总觉得他很古怪，每次在一起散步都坚持让她走在右边，如果自己稍稍往左边越雷池半步，他都会毫不客气地把她一把拉回来。就是遇见女朋友或女同事也不行，他只允许她们隔着自己打招呼或说话。似乎左边应该是他雷打不动的位置。她想不明白，如果自己和一个男的打招呼会使他吃醋，那么和女的呢，他同样也那样。她想不明白，一直都没有想明白。

多年后的一个黄昏，他们又一块儿上街散步，他们的步履都已经开始蹒跚了，头发也花白了，他们从年轻一直走成了街头的一对老人。那天傍晚，他们在街边散步，当然，他拄着拐杖，还是坚决地走在她的左边，而她呢，自然还是走在他的右边。在一起生活了那么多年，她想不出他这么做是因为什么。走到闹市中的时候，她忽然听到有人在喊她，借着微光一看，远远的有一张似曾相识的脸，她想起来了，那人是她的老同学，她很高兴，一步就从他的右边跨到了他的左边。

忽然，她感觉被一双手紧紧拉了一下，紧接着又被狠狠推了一把，仅一瞬间，她就倒在路边的马路牙子上，而一辆轿车几乎是擦着她的膝盖呼啸而过。她挣扎着爬起来的时候，他已经静静地躺在血泊中。在医院的急救室里，他最后一次醒来，见她完好无损了，才放心地笑了笑，又责怪她说："记住，别往左边靠，左边是马路，车多，危险。"说完就睡去了，再没有醒来。

她突然明白了右边的含义，老泪刷地涌出了眼眶，那是安全的位置，不，是爱的港湾。跟了他一辈子，自己现在才蓦然明白。

其实爱是有位置的，当我们幼小的时候，它在母亲的怀里和父亲的肩膀上；当我们年轻的时候，它在丈夫的右边；当我们遭遇风雨的时候，它就在我们的头顶和前边。

"谢谢你"

17岁那年，我已长得人高马大了，和父亲站到一块儿，我足足比他高出半个头来，虎背熊腰的，威武得不行。父亲常常高兴地拍着我厚厚的肩胛说："瞅瞅，成一条大汉了。"

块头虽然不小，但因为我一是不甘心像父亲那样一辈子泡在一亩三分地里，二是嫌外出打工不体面，所以整天待在家里，东游西逛无所事事。那年春天，村东头福海叔家翻盖新瓦房，人手紧，父亲跟我说："你在家里闲着也是闲着，明天去你福海叔家帮把手去。"

我说："我又不会干泥瓦匠活儿，我去干什么？"父亲说："不会做手艺活儿，你搬砖运瓦总能干吧？"我一听，脖筋顿时就梗了起来，让我搬砖运瓦呀？听那一群泥瓦匠指东吆西？我不去！

父亲瞅了我半天，叹口气："俺知道你，又嫌去搬砖运瓦不体面了不是？不去也行，咱俩明天换换工，你去镇上买几袋化肥，我去你福海叔家帮忙。"父亲也不是什么手艺人，只有一身好力气，村里谁家翻房盖屋了，即使人家不来找，父亲听说就去搬砖、运瓦、和泥，尽做一些笨重的体力活儿，但父亲在乡亲中却挺有威望，十里八村的乡亲们说起他，都啧啧着嘴说："那真是个好人呀。"

第二天一清早，父亲就去了福海叔家。吃过早饭，我套好一辆架子车，拽着去20余里外的镇上买化肥，回来时可就难了，七八袋化肥，七八百斤重，一溜的上坡路，我拼命地弓着腰拽，没拽出多远，汗水就把上衣洇透了，两条腿也软得直打战，心怦怦直往嗓子眼儿跳，上气难接下气。正愁得不行时，恰遇到几个过路人，他们二话没说，将自己拎的东西往我车上一扔，就挽起袖子帮我推起来。车轱辘沙沙的，车子一下子变得又轻又快了。上到坡顶，我望着他们一张张汗涔涔的脸，心里十分感激，红着脸一个劲儿地对他们说："大叔、大婶，我谢谢你们了！"几个人淡淡地笑笑说："没啥，不就是搭把手吗？"

夜里，父亲从福海叔家回来，问我："这么多化肥，一个人怎么拉回来的？"我跟他讲了上午的事。听罢，父亲说："你向人家道过谢没有？""当然道谢了。"我说。父亲思忖了半晌说："你尝过别人向你道谢的滋味吗？"我摇摇头。"你整天待在家里也憋得慌，这两天买化肥的人多，你明天去路上转悠转悠，见有需要帮

忙的人，就伸手帮一把吧。"父亲说。

第二天闲在家里没事，我就一个人步行着去镇上转悠了一圈。返回时，果真见有几个艰难运化肥的乡亲，想想自己昨天的事情，我默默挽起了袖子，快步上前，不声不响地帮忙推起来。车到了坡顶，拉车的人回过头来，满怀感激地说："小伙子，谢谢你帮忙了！"

"谢谢你？"我一愣。这是我第一次听到别人对我说这样的话，脸羞得热热的，心里却兴奋极了！我以前多少次向别人道过谢，但没想到别人向自己道谢时，这瞬间的感觉是这么美妙，像熏香的微风，又像池塘的涟漪、月夜下的曼妙歌声。

回到家里，我还沉浸在这种兴奋和快乐中。夜里父亲回来，看到我舒心的模样，笑着问："尝到别人向你道谢的滋味了？"我点点头。父亲又问："比你向别人道谢的滋味怎么样？""当然感觉好多了！"

父亲笑了。父亲顿了顿说："你长这么高了，成一条大汉了，应该懂得这种事理了，当你自己还总是对别人说谢谢的时候，你是找不到快乐的。当别人由衷地对你说声'谢谢'时，快乐就会来找你。人活这一辈子，应让别人经常对你道谢，只要你心里常揣着一句让别人'谢谢你'，活着就是高兴和快乐的。"

"谢谢我？"我愣了，当我又细细品味了父亲的这番话后，不禁对向来不屑一顾的父亲肃然起敬了。

第二天早晨起来，我对父亲说："今天你忙家里的活吧，我去福海叔家帮忙搬砖运瓦！"父亲咧着嘴赞赏地笑了："去吧去吧，能给别人帮助，你才知道活着的味道。"

多年以后，当我阅读托尔斯泰的作品时，发现了这样一句话："为别人而生活着是幸福的！"

这和父亲的"谢谢你"是多么异曲同工啊！

"谢谢你"，是我成熟的一座纪念碑；从一句句轻轻的他人口中的"谢谢你"中，我听见了自己长大的声音。